heyne›fliegt

Das Buch

Siri Kolus Romane sind die Entdeckung für alle, die Astrid Lindgren lieben

Wieder einmal warten schrecklich langweilige Sommerferien auf die zehnjährige Vilja. Ihrem Vater fällt nichts Besseres ein, als jedes Mal die Oma zu besuchen, ihre Mama ist viel zu besorgt, und ihre ältere Schwester Vanamo macht Vilja sowieso das Leben schwer. Doch dann wird ihr Auto auf der Fahrt in den Urlaub von einem Räuberbus überfallen – und die Bande nimmt Vilja einfach mit! Nach dem ersten Schreck stellen Vilja und die Räuber fest, dass auch in ihr das Zeug zum Räubermädchen steckt. Nun beginnt für Vilja der aufregendste Sommer ihres Lebens, mit Baden im See, lange Aufbleiben, Würsten-Grillen am Lagerfeuer, spannenden Raubzügen und jeder Menge Lakritzbonbons ...

Die Autorin

Siri Kolu, Jahrgang 1972, studierte Literaturwissenschaften und Theaterwissenschaften in Helsinki und arbeitet heute als Dozentin, Dramaturgin und Regisseurin. *Vilja und die Räuber*, der Auftakt zu ihrer erfolgreichen Kinderbuchserie, wurde 2010 mit dem Finlandia Junior Preis ausgezeichnet. 2015 kam die kongeniale Verfilmung des Buches in die internationalen Kinos. Siri Kolu lebt in Vantaa bei Helsinki.

Siri Kolu

Vilja und die Räuber

Roman

Aus dem Finnischen von
Antje Mortzfeldt

heyne›fliegt

Die Originalausgabe erscheint unter dem Titel
Me Rosvolat bei Otava, Helsinki

Der Verlag weist ausdrücklich darauf hin, dass im Text enthaltene externe Links vom Verlag nur bis zum Zeitpunkt der Buchveröffentlichung eingesehen werden konnten. Auf spätere Veränderungen hat der Verlag keinerlei Einfluss. Eine Haftung des Verlags ist daher ausgeschlossen.

Dieses Buch ist auch als E-Book erhältlich.

Verlagsgruppe Random House FSC® N001967

Copyright © 2010 by Siri Kolu
Copyright © 2012 der deutschsprachigen Ausgabe
by Wilhelm Heyne Verlag, München,
in der Verlagsgruppe Random House GmbH,
Neumarkterstr. 28, 81673 München.
Copyright © 2016 dieser Ausgabe
by Wilhelm Heyne Verlag, München
Alle Rechte sind vorbehalten. Printed in Germany.
Redaktion: Susann Rehlein
Umschlaggestaltung: Nele Schütz Design, München,
unter Verwendung eines Motivs von © Tuuli Juusela
Satz: Buch-Werkstatt GmbH, Bad Aibling
Druck und Bindung: GGP Media GmbH, Pößneck

ISBN: 978-3-453-59649-8

www.heyne-fliegt.de

*Gewidmet dem
Ford Transit 100 L 2.40*

Inhalt

Kapitel 1 *in dem wir erfahren, wie ein Räuberbus aussieht und was genau der Wilde Karlo bei einem Inspirationsüberfall tut* 11

Kapitel 2 *das ganz kurz ist, in dem Vilja aber ausreißt* 27

Kapitel 3 *in dem wir Grundkenntnisse über anständige Räuberbrote erwerben* 31

Kapitel 4 *in dem geraubt wird, was das Zeug hält* .. 37

Kapitel 5 *in dem ein Kiosk überfallen und über eine wichtige Sache namens Alienkotze gesprochen wird*... 51

Kapitel 6 *in dem Vilja Räuber wird* 68

Kapitel 7 *in dem Vilja eine Tat mit Markenzeichen begeht* 83

Kapitel 8 *in dem die Operation »Ein Troyer für den Wilden Karlo« durchgeführt wird* 96

Kapitel 9 *in dem wir eine beeindruckende Verwandte kennenlernen* 111

Kapitel 10 *in dem die Regeln fürs Schokowürfeln und die Geschichte von Papa Räuberberg enthüllt werden* .. 118

Kapitel 11 *in dem die Räuberbergs endlich beim Räubersommerfest sind* 128

Kapitel 12 *in dem wir erfahren, dass FuMo nicht »Furzen und Mogeln« heißt* 138

Kapitel 13 *in dem wilde Wettkämpfe stattfinden* ... 146

Kapitel 14 *in dem alles schiefgeht und die Räuberbergs auf der Flucht sind* 159

Kapitel 15 *in dem man Bilanz zieht und sich tarnt* .. 169

Kapitel 16 *in dem ein ernstes Gespräch geführt wird* 180

Kapitel 17 *in dem Vilja den Räubern zeigt, wie man den Räuberbus aufmotzt* 188

Kapitel 18 *in dem die Räuberei ins neue Jahrtausend gebracht wird* 197

Kapitel 19 *in dem ein Ausflug gemacht wird und in dem Vilja ihren großen Plan offenbart* 205

Kapitel 20 *in dem abgestimmt und über die Zukunft von Vilja und den Räuberbergs entschieden wird* 214

Kapitel 21 *in dem wir erfahren, dass Hele einer neuen Beschäftigung nachgeht* 219

Kapitel 22 *in dem nach Art der Räuberbergs eingekauft wird* 227

Kapitel 23 *in dem Vilja auf einem wohlbekannten Parkplatz ankommt* 238

Epilog *Auf dem Weg vom Parkplatz zum Fahrstuhl* .. 254

Kapitel 1

in dem wir erfahren, wie ein Räuberbus aussieht und was genau der Wilde Karlo bei einem Inspirationsüberfall tut

In der zweiten Juniwoche wurde ich geklaut. Das war auch gut so! Diese Sommerferien waren schon blöd, ehe sie richtig angefangen hatten. Erst hatte es geheißen, wir würden eine Radtour machen, aber wir sind zu Hause geblieben, weil es ein bisschen nieselte. Dann war die Rede von einem Campingurlaub, aber wie üblich kam Papa etwas von seiner Arbeit dazwischen, und wir fuhren nicht. »Ein gemeinsames Erlebnis für die ganze Familie!«, verkündete Papa immer, wenn er wieder am Planen war, dabei fragte er uns Töchter nicht einmal, was wir gerne machen würden. Wirklichkeit wurden die Pläne sowieso nie, deshalb glaubte ich Sommerferien-Versprechungen sowieso nicht mehr.

An jenem heißen Tag hatten wir uns alle vier in Papas neues Auto gezwängt und waren auf dem Weg zu Oma. Das war der ödeste von allen möglichen Sommerferienplänen, fanden jedenfalls Vanamo und ich. Wir hatten von Anfang an schlechte Laune und stritten uns im Auto um den Inhalt einer Bonbontüte. Vanamo hatte sich – angeblich das Vorrecht der großen Schwester – alle Lakritzbonbons gekrallt. Dabei wusste sie genau, dass das die einzigen waren, die ich mochte: Nur die Lakritzbonbons in Form von kleinen Autos. Aber wie immer musste sie mich ärgern. So hörte es sich genau in dem Moment in unserem Auto an:

»Jetzt ist Schluss mit dem Gezeter da hinten, oder eine fliegt raus, und zwar noch vor dem nächsten McDonald's!«, drohte Papa.

Vanamo streckte mir die Zunge raus, auf der ein Lakritzauto lag.

»Wirklich, jetzt hört mal auf euren Vater!«, versuchte Mama es ihrerseits, obwohl ihr nun wirklich niemand zuhörte. Sie sah uns nicht an, denn sie musste auf die Straße schauen, sonst wurde ihr schlecht. »Vilja, man darf anderen nichts wegnehmen. Das ist unhöflich und hässlich.«

Wie üblich war ich schuld. Immer gewann Vanamo.

»Diebin!«, legte Vanamo nach.

»Scheinheilige Rabenkrähe!«, sagte ich, weil sowieso niemand zu mir hielt.

Auf den Überfall waren wir natürlich überhaupt

nicht vorbereitet. Wir hatten einfach nur Sommerferien und stritten uns.

Genau in dem Moment schlug der Räuberbus zu.

Später, als ich schon mehrere Überfälle miterlebt hatte, konnte ich mir leicht vorstellen, was gleichzeitig im Räuberbus abgelaufen war. Das Objekt, unser Auto, war durch Fernglasaufklärung ausgewählt worden und befand sich hinter einer Wegbiegung. Der Räuberbus wurde auf Überfallgeschwindigkeit beschleunigt. Die Räuberflagge wurde an ihrer Teleskopstange durch die Lüftungsklappe im Dach geschoben und begann im Fahrtwind zu flattern. Hilda Räuberberg schnitt elegant die Kurve, ohne zu bremsen. Von allen waghalsigen Autofahrern war Hilda sicherlich am dreistesten. Meistens saß sie im Bikini oder in einem ärmellosen Top am Steuer, denn sie lenkte mit aller Kraft aus den Schultern, und davon wurde ihr warm.

Im hinteren Teil des Kleinbusses waren die restlichen Räuberbergs bereit zum Zuschlagen. Der Räuberhauptmann, der Wilde Karlo, hing schon an einem der Wurfgriffe. Seine prächtigen keksgelben Räuberzöpfe wehten im Fahrtwind. Gold-Piet hielt sich am anderen Griff fest und trainierte sein grausigstes Überfallgrinsen.

»Ich bin schon groß genug für einen Überfall, wirklich!«, quengelte Kalle. »Ich habe auch dieses Messer hier schon geschärft!«

»Ach, *du* hast das Gemüsemesser!«, sagte Mama Hilda und behielt die Straße fest im Blick.

»Jaja! Aber wenn es ernst wird und du sagen müsstest: ›Hände hoch‹, dann fängst du an zu heulen«, stellte Hele sachlich fest und lackierte sich trotz der hohen Geschwindigkeit die Zehennägel, jeden in einer anderen Farbe. Die zwölfjährige Hele war superbegabt für alles und deshalb die gefährlichste Räuberin in der Familie, so gefährlich und wild, dass sie bei den Überfällen gar nicht mitmachen durfte, sofern es nicht nötig war, echten Schrecken zu erregen. Die Zehen in die Luft gestreckt, saß sie auf der Rückbank und hielt ungerührt die Balance, obwohl das Heck des Busses ins Schleudern geriet, als die Räubermama beschleunigte.

»Hör jetzt und sowieso auf deinen Vater! Der weiß, was am besten ist«, erklärte Gold-Piet. Seine goldenen Schneidezähne blitzten, als er, an einem der Wurfgriffe hängend, Kalle liebevoll zulächelte, was für fremde Augen zweifellos ausgesehen hätte wie das Zähnefletschen eines Tigers mit zwei Goldzähnen. »Wenn dein Vater sagt, dass du so weit bist, dann bist du so weit.«

»Na klasse«, sagte Kalle. »Da kann ich warten, bis er in Rente geht!«

Der Wilde Karlo schwang sich am Wurfgriff direkt vor Kalles Nase. »Hör zu, du Knirps. Ich gehe ab-so-LUT nicht in Rente. Sprich mir nach!«

Der neunjährige Kalle hatte gleichzeitig Angst und musste lachen. »Du gehst ab-so-LUT nicht in Rente. Niemals. Okay, okay!«

»Ich bin furchterregend, aerodynamisch und durchtrainiert wie Stahl!«

Mama Hilda steuerte den Räuberbus elegant in die Nähe unseres BMW, warf ihn herum, sodass er quer auf der Straße stand, und begann den Kontakt-Countdown. Der Countdown war wichtig, damit alle gleichzeitig agieren konnten.

»Parken – jetzt. Kontakt – jetzt. Fünf – vier – drei – zwei – Griffe – fertig. Griffe!«

Während des Countdowns geschah Folgendes: Bei »Parken« kreischten die Bremsen, die Geschwindigkeit sackte auf null, der Wagen schwankte bei dem abrupten Stopp. Bei »Kontakt« wurden die Vordertüren scheppernd aufgerissen. Während des Zählens verschafften sich der Wilde Karlo und Gold-Piet an den Türen sicheren Stand und konzentrierten sich darauf, sich, in den Griffen hängend, kräftig abzustoßen und mit einem ausladenden Sprung direkt vor dem *Objekt* zu landen, und zwar genau in dem Moment, wenn das Kommando »Griffe!« ertönte. »Lasst keine Zeugen zurück!«, schrie Hele noch, während der Wilde Karlo und Gold-Piet sich an den Griffen aus dem Räuberbus in die optimale Überfallposition schleuderten.

Direkt vor unsere Nase.

Es war schnell vorbei. Vanamo glaubte, es sei Reality-TV und war ziemlich enttäuscht, als der Wilde Karlo sich die Bonbontüte und mich vom Rücksitz schnappte.

»He, nehmen Sie nicht Vilja, ich bin viel, viel besser als Kandidatin!«

Alles ging so fix, ich konnte nichts dagegen machen.

Immerhin ergriff ich, als die große haarige Hand sich näherte, den einzigen Gegenstand, der Bedeutung für mich hatte: mein rosa Notizbuch, ohne das ich nirgends hinging.

Während des Überfalls gab es keinerlei Widerstand. Blitzschnell wurde unser Auto leergegrabscht. Papa war wahrscheinlich nervös, es könnte Kratzer abkriegen. Dann verlöre er den Bonus bei der Versicherung. Als der Bus der Räuberbergs davongerast war, wird es eine Weile gedauert haben, bis meine Familie kapierte, dass ich gar nicht mehr dabei war.

»Na also!«, sagte der Wilde Karlo zufrieden, als er sich mit seiner Beute zurück in den Kleinbus geschwungen hatte.

Das Schwingen am Griff rumorte unangenehm im Magen. Fahrgeschäfte im Vergnügungspark fand ich auch noch nie gut.

»Griffe einziehen – jetzt!«, kommandierte Hilda. »Türen – jetzt!« Zwei Knalle. »Gas – jetzt!«

Mit gewaltig durchdrehenden Reifen fuhr der Räuberbus an. Erst als er sich in Bewegung gesetzt hatte, begriff ich so richtig, dass ich im falschen Wagen saß und auf einer Reise ins Ungewisse war.

»Lakritzautos, liebe Räuber und Raubgenossen«, rief Gold-Piet und warf die Tüte auf die Rückbank. »Hier hat jemand guten Geschmack bei Süßkram!«

Ich versuchte zu kratzen und zu schreien, als ich auf den Rücksitz gesetzt wurde. Wer geraubt wird, muss ja wohl wenigstens ein bisschen protestieren. Ich wurde aber nicht beachtet. Alle befingerten prüfend die Beute: Vanamos, Papas, Mamas und meine Sachen. Darunter waren Papas Shorts mit den Seitentaschen und sein eselsohriges Handbuch über die Waldbeeren Finnlands. Mamas Lieblingsbikini hatte Hilda gleich mal anprobiert. Vanamos Glitzerlack und Nagelaufkleber befand Hele für nützlich und stopfte sie in ihr Schubfach. Dann wurde Mamas Reiseapotheke inspiziert, die alles enthielt, von Cortisonsalbe bis zu Augencreme. Arme Mama, ohne Cortisonsalbe würde sie von den Mückenstichen entsetzliche Beulen bekommen. Von mir war fast nichts geraubt worden. Nur mein grauer Fleece-Kapuzenpulli, den wir für kalte Abende mitgenommen hatten und der sich jetzt als passend für Kalle erwies.

»Hallo«, versuchte ich auf mich aufmerksam zu machen.

Nur der Junge in meinem Alter betrachtete mich neugierig. Er legte den Pulli beiseite, als hätte er Schuldgefühle wegen der Beute. Ich versuchte so zu gucken, als wäre mir das total egal.

»He, hört doch mal!« Meine Stimme war ein winzig kleines Piepsen in meinem Kehlkopf.

Der Räuberbus schlingerte noch mehr, als Mama Hilda jetzt versuchte, bei Vollgas nach hinten zu schauen anstatt nach vorn.

»Karlo – was – ist – das?«, fragte sie mit einer Stimme, die es im Bus kälter werden ließ als in einem Kühlschrank.

»Ach, was denn?« Der Wilde Karlo stellte sich unwissend.

»Das Kind da. Ich will eine Erklärung. Sofort!«

Nur eine war noch wilder als Hele, nämlich Hilda, wenn sie wütend wurde. Und nun war es bald so weit.

»Du sagst doch immer, ich könnte keine schnellen Entschlüsse fassen«, sagte der Wilde Karlo mürrisch. »Ich wäre nicht flexibel genug bei meinen Entscheidungen, heutzutage bräuchte man Instinkt und Inspiration! Nun, jetzt bin ich eben flexibel! Endlich folge ich meinen Eingebungen, meiner In-spi-ra-tion! Als Hauptmann handle ich blitzschnell! Und überhaupt«, er grinste Kalle verschwörerisch zu, »bevor ich in Rente gehe, müssen wir wenigstens ein paar Inspirationsüberfälle gemacht haben. Das hier war der erste.«

Wir fuhren immer noch unglaublich schnell. Erst waren wir noch ein kleines Stück auf der Asphaltstraße geblieben, die mir von den Fahrten zu Oma vertraut war, aber dann bog der Bus mit einem Handbremsenschwung schleudernd auf eine Schotterstraße ein, die ich nicht kannte. Ich wusste, jetzt verlor Papa den Räuberbus aus den Augen, falls er überhaupt versucht hatte, uns zu verfolgen. Ich war mit diesen furchterregenden Leuten ganz allein in ihrem Wagen.

»Gut gemacht«, sagte der Wilde Karlo.

Ich gab es auf, die Straße hinter uns zu beobachten, und sah mich im Bus um. Im Heck standen sich zwei Sitzbänke gegenüber. Dazwischen war ein kleiner Tisch, der jetzt flach an die Wand geklappt war. Überall im Innenraum gab es Verstecke, herunterhängende Kleiderbeutel, Schubladen unter den Sitzen, ausklappbare Tische, und hinter den Rückenlehnen ragten aufgerollte Matratzen hervor. Alle bewegten sich mit großer Sicherheit in dem kleinen Raum und schienen genau zu wissen, wo was zu finden war.

Sie hatten mich auf die hinterste Bank gesetzt, ans Fenster. Ich betrachtete die merkwürdige Deko an den Busfenstern, eine ganze Reihe von erhängten Barbiepuppen, alle mit toupiertem Haar und in perfekt gestyltem Räuberlook. Jede Einzelheit im Wagen schien zu betonen, wie stinknormal ich war und wie merkwürdig und feindselig dagegen diese Welt, in die ich nun hineingeraten war. Ich wagte nicht daran zu denken, in welch großer Gefahr ich vermutlich schwebte.

»Sollten wir nicht doch ...«, begann Hilda vorsichtig. »Wir könnten ja noch umdrehen ...«

»Sollten wir ab-so-LUT nicht!«, unterbrach der Wilde Karlo. »Keine Diskussion. Wir drehen nicht um. Das ganze Frühjahr über musste ich mir das Gemaule anhören, dass ihr so allein seid. Also, hier ist eine Freundin für euch.«

»Freunde kann man nicht so einfach rauben«, sagte Kalle. »So funktioniert das nicht.«

Ich sah ihn dankbar an. Vielleicht konnte er die Entscheidung rückgängig machen. Wenn sie mich rausließen, würde ich sicher jemanden finden, der mir helfen würde heimzukommen.

»Doch, heute schon«, sagte der Wilde Karlo. »Das ist ein Befehl des Hauptmanns.«

Zu meinem Erstaunen nickten alle, und die Sache wurde nicht weiter diskutiert. Die Räuberfamilie funktionierte also über Befehl und Gehorsam. Das war das Erste, was ich über den Alltag der Räuberbergs lernte.

Während der langen Fahrt an diesem Tag hatte ich viel Zeit, die Räuberfamilie genau zu studieren. Ich war nicht gefesselt und hatte auch keine verbundenen Augen wie Entführte im Film. Den Räubern schien überhaupt nicht bewusst zu sein, dass sie sich eine sorgfältige Beobachterin in ihre Mitte geholt hatten. Ich sah mir Karlos große, wedelnde Gesten an und die blonde Hilda, die ihrem Mann immer einen Gedanken voraus zu sein schien: Als sich der Wilde Karlo nach einer Zwischenmahlzeit auf einen Stuhl fallen lassen wollte, war der dort eine halbe Sekunde vorher aufgestellt worden. Gold-Piet schlängelte sich zwischen ihnen hindurch, als wäre er eine Schnur, die alles zusammenknüpfte, eine dünne Schnur mit Goldzähnen, aber seinen breiten Dialekt verstand ich lange überhaupt nicht. Am meisten achtete ich auf die Kinder: Kalle, der mich verstohlen anguckte, und die zwei Jahre ältere Hele in ihrem Kampfanzug, die offenbar als Einzige bemerkte, wie ich die Familie beobachtete.

»Guck nur, das kostet nichts«, sagte Hele, nicht böse, sondern nüchtern feststellend, wie es ihre Art war, »aber wenn du was aufschreibst, lese ich es.« Daraufhin sah sie mich forschend und lange an, wie ein Hai, der die Schwimmenden von unten mustert.

Später am Nachmittag hielt der Räuberbus in einem friedlichen Erlenwäldchen an einem See, weil Hele schwimmen gehen wollte. Das taten wir dann auch. Wir unterbrachen tatsächlich unsere Flucht und hielten an, um baden zu gehen wie ganz normale Urlauber! Niemand kam auf die Idee, mich zu fesseln.

»Ehrlich, schafft mich einfach wieder zurück, ich bringe euch ein ordentliches Lösegeld ein!«, sagte ich bestimmt schon zum zehnten Mal.

»Nein, das können wir doch nicht machen«, erwiderte der Wilde Karlo ohne aufzublicken. Er wühlte in einer alten Reisetasche und suchte seine Badehose. »Die ist kleiner geworden seit dem letzten Sommer, verflixt noch mal. In der Taille so eingelaufen, dass ich wohl bald eine neue rauben muss.«

Die anderen sahen aus, als wollten sie gleich loslachen. Der Wilde Karlo war nicht gerade mager, und die Hose, die er in der Luft schwenkte, war mindestens zwei Nummern zu klein.

»Klar, wir rauben eine neue«, sagte Hilda. Es gelang ihr, ganz ernst zu klingen.

»Warum denn nicht?«, fragte ich. »Warum könnt ihr mich nicht zurückgeben?«

Hele rannte ins Wasser und schwamm los. Sie kraulte perfekt und nahezu geräuschlos.

»Das ist nicht unsere Branche. Überfälle sind unsere Branche, das können wir«, sagte der Wilde Karlo, nahm eine Schere und schnitt von einer gigantischen langen Unterhose die halben Beine ab. »Na also: eine Badehose! Du kannst das natürlich ab-so-LUT nicht wissen«, sagte er feierlich zu mir, »aber wir haben auch einen Namen. Und Ehre verpflichtet!«

»Beim Sommerfest macht das Eindruck, wenn wir eine Gefangene haben. Da sehen die mal was Neues«, sagte Gold-Piet und ächzte zufrieden in seinem Liegestuhl. »Das bringt einen besonderen Touch ins Geschäft und so 'n Zeug! Wir arbeiten nach allen Regeln der Kunst und wie in der guten alten Zeit. Wie der alte Pärnänen!«, schloss er andächtig.

»Wie der alte Pärnänen!«, bekräftigte der Wilde Karlo. Er trocknete sich ausgiebig ab, obwohl er nur die Zehen ins Wasser gehalten und anschließend erklärt hatte, es sei für eine Person mit Hauptmannsstatus viel zu kalt.

»Gefangene, das ist ein furchtbar blödes Wort«, sagte Hilda und hielt mir eine Bonbontüte hin. Vanamos und meine Bonbontüte. Sie lehnte sich mütterlich zu mir herüber. »Schade, dass die meisten Lakritzautos raus sind. Du siehst mir nach einem Lakritzmädchen aus.«

»Eine Entführte Person«, sprach der Wilde Karlo feierlich, setzte sich in einen Campingstuhl, der bedrohlich knarzte, und schlenkerte sich seine verfilzten keksgelben Zöpfe nach vorn auf die Brust. »Es ist ein großer Vorteil für uns, dass wir eine Entführte Person in unserem Lager haben.«

Ich lutschte lustlos eine Fruchtbombe und verfolgte die Diskussion genau, denn ich wollte jeden Fetzen Information sammeln, der mir zur Flucht verhelfen konnte. Ich hatte nämlich vor zu fliehen, wenn dieser Räubervater schon nicht bereit war, mich zurückzugeben. Aha, sie haben ein Sommerfest, speicherte ich im Gedächtnis. Spätestens im Gewimmel dieses Sommerfestes musste ich ausreißen, entschied ich. »Wollt ihr etwa keine enormen Geldsummen haben?«, wagte ich schließlich zu fragen.

Wie viel wäre mein geiziger Papa im Ernstfall bereit zu bezahlen? Bestimmt nicht mal die Hälfte von dem, was sein Auto gekostet hatte. Und sie hatten ja auch noch Vanamo.

»Bitte was?«, fragte der Wilde Karlo. Er zerquetschte gerade das letzte Lakritzauto zwischen den Zähnen, und ich wurde sauer. Andererseits fühlte es sich ganz heimatlich an, dass mir die leckeren Autos vor den Augen weggegessen wurden.

Gold-Piet brach in Lachen aus. »Mäusefürze, Karlo, sie meint Mäusefürze!«

Das Gespräch hatte eine höchst seltsame Wendung genommen.

»Aber liebes Kind, Mäusefürze können wir doch nicht gebrauchen«, sagte der Wilde Karlo, nahm das halb gegessene Auto aus dem Mund und wedelte damit herum. Das hatte Vanamo nie getan. »Was soll man denn mit denen machen!«

»Aber was raubt ihr denn dann?«, fragte ich verblüfft.

»Na, was wohl, willst du etwa eine Liste?«, fragte Hele beiläufig und sehr lässig und schüttelte sich Wasser aus dem Ohr. Sie warf sich auf einen freien Liegestuhl und blätterte in der Musikzeitschrift, die sie aus Vanamos Tasche geraubt hatten.

»Warum nicht!«, sagte ich herausfordernd.

Ich holte mein Notizbuch aus dem Bus und ertrug stumm, dass Hele höhnisch über den rosa Umschlag und das Blumenmuster lachte. Einen Kuli schnappte ich mir vom Armaturenbrett. Ich schwenkte ihn einladend über dem Papier, bis die Räuberbergs begriffen, dass ich nach ihrem Diktat schreiben wollte.

DIE BELIEBTESTEN BEUTESTÜCKE
DER FAMILIE RÄUBERBERG
Gesammelt und aufgezeichnet von Vilja

1) Süßigkeiten
insbesondere Himbeerboote (Hilda), Schokolade (Karlo), Lakritze (Kalle), äußerst scharfer Salmiak (Piet, Karlo, Hele)
2) Kekse
insbesondere mit Zucker drauf oder Marmelade drin
3) Fleisch (für Karlos Räuberbraten)
4) Senf
5) andere Esswaren, insbesondere frische Kartoffeln, Erbsen, Erdbeeren und anderes Beerenobst, selbst gemachte Backwaren und belegte Brote, Pizza und andere fetthaltige Fertiggerichte

6) Barbiepuppen (für Heles Sammlung)
7) Lesestoff, Zeitschriften und Bücher
8) vollständiges Kartenspiel (im jetzigen fehlt die Pik-Acht)
9) eine ordentliche Angel
10) ein kleines Zelt zur Lösung von Übernachtungskonflikten

Zurzeit besonders gesucht:
Krocketspiel (Kalle), kleiner Reisekühlschrank (Hilda), stromsparender Wasserkocher, gut aussehender Junge (Hele)

»He, das wird gestrichen, aber sofort!«, stieß Hele hervor. »Kalle, ich mach Hackfleisch aus dir!«

Kalle lachte meckernd und rannte davon, ohne nach vorne zu schauen, stolperte über eine Kiefernwurzel und flog in einem prächtigen Bogen durch die Luft. Ich konnte aus naheliegenden Gründen gar nicht mit ansehen, wie die Geschwister sich stritten.

Sobald die Liste fertig war, wurde sie mir aus der Hand gerissen.

»Das ist gut«, sagte Hilda. »Wir hängen die Liste auf die Beifahrerseite, dann können wir draufgucken, wenn wir bei der Arbeit sind.«

»Eeecht gut«, sagte Gold-Piet.

Die Erwachsenen waren total begeistert.

»Also wisst ihr, ein ganzes Jahr! Furchtbar. Wir müssen schon viel zu lange ohne Pik-Acht auskommen«, stöhnte Gold-Piet. »Ein Kartenspiel brauchen wir wirklich ganz unbedingt.«

Ich hatte gehofft, die Liste würde sie davon überzeugen, dass es sinnvoll war, mich zurückzugeben. Dass ich keine gewöhnliche Beute war, sondern dass man mit mir hohe Lösegelder erzwingen konnte. Aber ganz so lief es nicht.

»Eins noch«, sagte der Wilde Karlo.

»Was denn, Boss?«, fragte Gold-Piet diensteifrig.

»Eine gute Nachricht für uns und eine schlechte für dich, Mädchen«, sagte der Wilde Karlo und schob seine Hände unter den Gürtel, wie immer, wenn er wirklich zufrieden war. »Die Sache ist die, dass wir es uns absolut nicht leisten können, dich gehen zu lassen. Du bist die beste Beute seit Langem! Du bist echt pfiffig.«

Kapitel 2

*das ganz kurz ist,
in dem Vilja
aber ausreißt*

Der Abend wurde langsam zur Nacht. Wir schlugen unser Lager in einer beschaulichen, von Wald umgebenen Bucht auf. Sachen wurden aus dem Wagen geholt: Schlafsäcke, Liegematten, Zeltböden. Gold-Piet war mit dem kümmerlichen Lagerfeuer beschäftigt, Hilda brachte Styropor-Kühlboxen ans Ufer. Alle liefen mit großen Traglasten an mir vorbei und wichen mir aus, als wäre ich ein Möbelstück.

Sie haben das nicht ganz zu Ende gedacht, wurde mir klar. Sie wissen nicht, was sie mit mir machen sollen. Da beschloss ich auszureißen. Ich plante es nicht genauer. Ich dachte auch nicht daran, dass es unendlich dumm war, spät am Abend in einer völlig unbekannten Gegend davonzulaufen. Ich wollte lediglich abwarten, bis die anderen schliefen, und mich aus dem Lager schleichen. Dann würde ich die Landstraße suchen, das nächste Auto anhalten und sagen: »Können Sie mich zum Polizeirevier fahren? Ich bin geklaut worden.« Diesen letzten Satz halblaut vor mich hin zu sagen gab mir irgendwie ein gutes Gefühl. Nachtwanderungen bei den Pfadfindern waren bislang meine aufregendsten Erlebnisse gewesen, doch die waren nichts im Vergleich zu dieser erstaunlichen Situation, in der ich mich jetzt befand.

Bald merkte ich aber, dass es keinen Sinn hatte, abzuwarten, bis die Räuber einschliefen. Die Sommernacht wurde dunkler, und daher wusste ich, dass es beinahe Mitternacht war, dieser kurze dunkelste Augenblick, bevor es wieder heller wurde. Aber alle wirkten ganz munter, und Schlafenszeiten für Kinder schienen hier nicht bekannt zu sein. Also wartete ich, bis alle in ihre eigenen Vorhaben vertieft waren. Vom Raubgut nahm ich nur mein Notizbuch mit – ohne Gepäck würde ich schneller vorankommen. Leise bewegte ich mich aus dem Lager hinaus und spazierte auf den Räuberbus zu. Erst ein paar Schritte vor dem Bus entlang, dann zum nächsten Baum. Zum zweiten Baum rannte ich schon. Sollte jemand im Lager auf die Idee kommen, hinter mir herzuschauen, würde er mich nun nicht mehr sehen können. Ich huschte von einem Baum zum nächsten und wartete immer so lange, bis mein klopfendes Herz sich wieder beruhigte. Schließlich konnte ich das

Funkeln des Lagerfeuers nicht mehr sehen. So ganz ohne Licht war es auf der Schotterstraße überraschend finster. Ich hätte daran denken müssen, eine Taschenlampe mitzunehmen.

»Wo gehen wir denn hin?«, fragte Hele. Sie ließ ihre Taschenlampe kurz aufblitzen, damit ich sehen konnte, wo sie war: zehn Schritte von mir entfernt. Offenbar war sie mir die ganze Zeit gefolgt. Ich verstand nicht, warum ich nichts gehört hatte. Sie würde mich auf jeden Fall einholen, selbst wenn ich jetzt losrannte. Seit ich sie schwimmen gesehen hatte, wusste ich, dass ich keine Konkurrenz für sie war.

»Wird das ein langer Spaziergang?«

»Nein, ich dachte nur, ich hole ein paar Zweige für das Feuer. Das brennt so kümmerlich«, sagte ich schnell.

»Aha«, sagte Hele und landete mit einem Sprung vor mir. »Lügen kannst du auch fließend. Wird immer besser, diese Gefangene. Ein interessantes Haustier hat der Boss uns da besorgt!« Sie richtete die Lampe auf mein Gesicht, und ich sah den Wald um mich herum nicht mehr. Da hörte ich auf, mich zu verstellen.

»Lass mich gehen«, flehte ich. »Ihr habt ja schon unsere Sachen, und ich bin doch ziemlich nutzlos für euch. Sag einfach, ich bin abgehauen, und du konntest mich nicht mehr erwischen.«

»Schlechte Erklärung«, sagte Hele und hielt die Taschenlampe von meinem Gesicht weg. »Mir entkommt keiner, das wissen alle.«

Ich wusste, dass ich sie nicht überreden konnte. Hele wies mit einem Kopfnicken in Richtung Lager, und ich drehte mich um und ging mit.

»Außerdem hast du unrecht«, sagte Hele und hielt sich die Lampe unters Kinn, wie wenn man Gruselgeschichten erzählt. »Du bist nicht nutzlos. Du bist witzig. Und jetzt, wo du versucht hast abzuhauen, bist du noch witziger. Komm, wir schließen ein Abkommen!«, sagte Hele und kam mir mit einem lautlosen Sprung erschreckend nahe. »Du machst keine solchen dummen Ausbruchsversuche mehr, und ich erzähle niemandem von diesem hier.«

»Wenn ich Ja sage, weißt du doch gleich, dass ich lüge«, sagte ich.

»Natürlich«, grinste Hele. »Dann sind wir uns also im Klaren, wie der Hase läuft.«

Kapitel 3

*in dem wir
Grundkenntnisse über
anständige Räuberbrote
erwerben*

Als ich aufwachte, roch es nach gebratenen Eiern. Deshalb wusste ich sofort, dass ich nicht zu Hause war. Mama machte nämlich nur gekochte Eier, und ich hasse es, Eier zu pellen, also so viel dazu. Neben mir schnarchte Gold-Piet. Offenbar hatte der Wilde Karlo ihn als Wache eingeteilt. Ich kroch unter der Zeltplane hindurch ins Freie. Sonnennadeln stachen mir in die verschlafenen Augen. Ich konnte mich nicht erinnern, ob ich schon einmal so zeitig draußen gewesen war.

»Guten Morgen, Gefangene!«, sagte Hele ohne mich anzusehen und schleuderte ihr Messer mit einem Präzisionswurf auf eine Pappzielscheibe, die an einer Kiefer hing.

»Ich bin keine Gefangene«, fuhr ich sie an.

»Hele, benutz keine solchen Schimpfwörter, das ist nicht nett!«, sagte Hilda und nahm die Eier vom Feuer, kurz bevor sie anbrannten.

»Du hast so eine scharfe Zunge, genau wie dein Vater«, sagte Gold-Piet, der gerade aus dem Zelt gekrochen kam, zu ihr.

»Okay, sorry, Gefangene!«, sagte Hele, zog ihr Messer aus dem Baum und knallte einen neuen Volltreffer auf die Scheibe, ohne auch nur gezielt zu haben. Eins war klar: Gestern Abend hatte ich eindeutig Glück gehabt. Sie hatte bloß mit mir geredet. Genauso gut hätte sie mich mit einem gezielten Wurf auf meinen Ärmel an einem Baumstamm festpinnen können.

»Mädels, nicht so früh am Morgen!«, beschwichtigte Hilda uns.

Meine Streitlust war verflogen, als ich sah, wie Hilda eine Pfanne voll Spiegeleier auf einen Teller schüttete. Auf dem Campingtisch türmten sich Berge von Essen. Belegte Brote, die auffällig an den Proviant meiner Familie vom Vortag erinnerten. Fleischklößchen und saure Gurken. Gebratene Wurstscheiben. Champignons. Ein Korb voller Fleischpiroggen. Ein Stapel riesige, superharte Knäckebroträder, wovon der Räuberpapa gerade ein kotflügelgroßes Stück abbrach, um einen Berg Aufschnitt daraufzuhäufen. Auch Fleischpiroggen ließen sich offensichtlich als Knäckebrotbelag verwenden, wenn man richtig Hunger hatte.

»Iss, Mädchen, das Frühstück ist die wichtigste

Mahlzeit des Tages! Nicht wahr, Kalle?«, sagte der Wilde Karlo schelmisch und boxte seinen Sohn in die Seite. Der hatte gerade eine gewaltige Ecke von seiner Fleischpirogge abgebissen, auf die er fast genauso viel Aufschnitt gestapelt hatte wie sein Vater aufs Knäckebrot. Er bekam einen Hustenanfall, und der Wilde Karlo klopfte ihm hilfsbereit auf den Rücken.

»Wurstalarm!«, rief Hele und rückte ein Stück weg. Auch ich ging ein paar Schritte zur Seite, denn für einen Moment war die Luft tatsächlich mit Wurstfetzen gesättigt, während Kalle hustete.

»Das macht er jedes Mal, wenn es Wurst gibt«, sagte Hele verächtlich. »Du Gierferkel! Du verträgst kein Männeressen!«

»Ich bin kein Ferkel«, sagte Kalle.

»Ein Räuber bist du jedenfalls auch nicht«, erwiderte Hele gnadenlos.

Ich dachte kurz an zu Hause und die Stille an unserem Frühstückstisch. Wie todlangweilig es war, wenn meine Eltern beim Essen jeweils einen Teil der Zeitung lasen, während Vanamo SMS tippte und den Rhythmus von ihrem iPod mittrommelte. Wir hatten uns nichts zu sagen.

Als die Luft wieder klar war, sah ich meine Gelegenheit gekommen. »Dabei fällt mir ein: Wann wolltet ihr mich nach Hause bringen?«, fragte ich unschuldig.

»Möchtest du Eier?«, fragte Hilda mich. Ohne auf eine Antwort zu warten, häufte sie einen Berg Essen auf einen Teller, den sie vor mir auf den Klapptisch knallte.

»Habt ihr gehört?«, insistierte ich.

Wie zufällig bewegte Gold-Piet seinen Arm, sodass ich plötzlich auf einem Campingstuhl saß. »Nimm schon!«, sagte er. »Damit niemand beleidigt ist und so 'n Zeug. Frau Hildas Spiegeleier sind weltberühmt.«

»Warum hört hier, verflixt noch mal, niemand zu, was ich sage?« Zu Hause konnte ich mit einer guten Begründung meistens meinen Willen durchsetzen. Hier aber schmatzten alle ihr Frühstück in sich hinein, als hätten sie mich gar nicht gehört.

»Weil in dieser Familie vor dem Frühstück keine Entscheidungen getroffen werden«, knurrte der Wilde Karlo. »Darum. Das Frühstück ist die ab-so-LUT wichtigste Mahlzeit des Tages.«

»Papa hat noch nicht ...«, begann Kalle.

»Was?«, jaulte der Wilde Karlo auf.

»Seine räuberhauptmännliche Hoheit Wilder Karlo tut nichts, bevor er nicht das erste Senfbrot des Tages gegessen hat.«

Der Wilde Karlo hatte den Mund voller Knäcke, aber er spannte den Bizeps und klopfte sich dann tarzanmäßig auf die Brust.

»Das ist übrigens heilig, dieses erste Brot«, sagte Hilda und schnappte sich das oberste Fleischklößchen vom Fleischklößchenberg. »Das einzige Mal, dass wir beinahe geschnappt wurden, war an dem Tag, als wir nicht richtig gefrühstückt hatten.«

»Beschwör es nicht!«, schrie Hele und spuckte sich über die Schulter.

Im selben Augenblick hörte die ganze Familie auf zu essen, und alle spuckten sich über die Schulter. Danach aßen sie weiter, als wäre nichts geschehen. Ich starrte nur.

»Iss jetzt«, sagte Hilda zu mir. »Bald fahren wir wieder los.«

»Ich soll mit den Händen essen?«, jammerte ich. »Igitt, niemals!«

Mich ekelte vor den sauren Gurken, die aus Kalles Mundwinkel hervorquollen, und vor den Mampfgeräuschen bei Karlos gewaltigen Bissen, aber mein Hunger war inzwischen so groß, dass mir schwindlig wurde. Ich suchte den Tisch nach Servietten oder einem Stück Küchenpapier ab. So etwas gab es nicht. Nicht mal Toilettenpapier. Als Gold-Piet das Mineralwasser, das sie meiner Mama geraubt hatten, direkt aus der Flasche trank, wurde mir klar, dass es keinen Sinn hatte. Ich seufzte, nahm mir mit den Fingerspitzen eine Fleischpirogge, legte zwei Fleischklößchen hinein und quetschte nach kurzer Überlegung einen Streifen Tubensenf darüber. Dann setzte ich mich auf meinen Stuhl, zählte bis drei wie auf dem Sprungbrett und biss ab.

»Aah!«, sagte ich.

Ich konnte nichts dagegen tun. Ich griff nach der Tube und nahm mehr Senf, schnappte mir noch zwei Klößchen, obwohl ich fürchtete, gierig zu erscheinen. Dann sah ich, dass auf Kalles Brot noch zehn Fleischklößchen mehr lagen, und beschloss, dass man hier, jedenfalls heute mal, nach Räuberart essen durfte. Noch nie hatte ich so etwas Gutes gegessen.

»Na siehst du, sie hatte nur Hunger!«, sagte Hilda zum Wilden Karlo. »Schmeckt's?«, fragte sie mich.

Ich nickte, hatte aber keine Zeit zu antworten, denn ich war mit Essen beschäftigt.

Gold-Piet, Kalle und Karlo nickten verschwörerisch.

»Genau«, sagte Hilda. »Natürlich schmeckt es. Selbst geraubt, selbst gekocht, selbst gegessen.«

»Und mit den Fingern«, sagte Hele. »Was dachtest du denn? Etwa, dass wir es uns nicht leisten können, Besteck zu rauben?!«

Alle lachten. Erst war ich etwas verwirrt, dann lachte ich mit.

Kapitel 4

*in dem geraubt wird,
was das Zeug hält*

An den beiden folgenden Tagen lernte ich alles über die Straßenräuberei. Wie ein gutes Raubobjekt aussieht und wie man »erschnuppern« kann, was es geladen hat. Autos, die auf dem Weg zum Ferienhaus waren, erkannte man daran, wie bepackt sie waren: Im Rückfenster lagen Sonnenhüte, Schlafsäcke und Federballschläger. Diesen Autos aufzulauern und sie einzuholen, lohnte sich, denn sie hatten am meisten Lebensmittel dabei: Fleischpiroggen, Konserven und Knäckebrot für die Küche im Sommerhaus.

Ich lernte, die Frontalannäherung, den Überholspurt und den Hinterhalt voneinander zu unterscheiden. Am liebsten war ihnen der Überholspurt. Dabei schätzten sie mit dem Fernglas die Beraubungseigenschaften des vor ihnen fahrenden Autos ein, und wenn sie wussten oder erschnuppert hatten, dass die Beute gut war, begannen sie, sich an die hintere Stoßstange des Autos anzupirschen.

»Das ist der Kreislauf der Natur«, erklärte der Wilde Karlo. »Die Löwen jagen die Antilopen, und die Räuberbusse die Raubobjekte.«

»Und dabei darf man aus dem Bus das Letzte rausholen«, fügte Hilda hinzu und streichelte das Armaturenbrett.

Man hielt Stoßstangenfühlung, bis die Straßenverhältnisse günstig waren. Dann zog man am Objekt vorbei, gab auf der Geraden plötzlich ordentlich Gas und warf schließlich den Bus herum, sodass er quer auf der Straße stand. Auch das war eine Kunst: Man musste gerade so viel Abstand lassen, dass das Objekt bremsen konnte, aber nicht mehr. Zwischen der Straßensperre und dem Objekt durfte auch keine Seitenstraße abzweigen – ein typischer Anfängerfehler –, sonst konnte ein mutiger Fahrer noch entkommen, wenn er die Räuberflagge aus der Dachluke aufsteigen und im Wind knattern sah.

»Das Wichtigste für einen Straßenräuber ist«, begann der Wilde Karlo mit andächtig geschlossenen Augen. Dann öffnete er das eine Auge ein wenig: »Und, wo hast du Papier und Stift? Ich erkläre es doch gerade.«

DIE WICHTIGSTEN EIGENSCHAFTEN EINES GUTEN STRASSENRÄUBERS
Aufgeschrieben von Vilja

1) Guter Riecher
Nicht immer sind die Dinge so, wie sie aussehen. Ohne Riecher ist ein Räuber aufgeschmissen. Mit dem Riecher wählt man seine Objekte, mit dem Riecher erschnuppert man auch versteckte Leckerbissen und in Ortschaften lauernde Polizisten.

»Ohne meinen Riecher wären wir ab-so-LUT nicht hier«, sagte der Wilde Karlo und zeigte auf seine Nase. »Selbst erstklassige Teams sind geschnappt worden, nur weil der gute alte Riecher nicht in Ordnung war.«

»Um dem Riecher auf die Sprünge zu helfen, haben wir einen Autoatlas«, fügte Hilda hinzu. »Darin sind Sachen verzeichnet, die wir vielleicht später einmal brauchen. Ich trage bei fast jedem Lagerplatz etwas ein.«

»Machen wir weiter«, knurrte der Wilde Karlo, den es offensichtlich störte, dass Hilda sich mitten im Diktat einmischte. Aber andererseits fuhr sie gerade erhobenen Hauptes mit Neunzig eine auf Sechzig beschränkte Straße entlang, sodass es nicht ratsam war, heftig zu widersprechen.

2) Aussehen

Die Glaubwürdigkeit eines Räubers hängt stark von seinem Aussehen ab. Ein Staatspräsident muss wie ein Staatspräsident aussehen, ein Räuber wie ein Räuber. Beim Auszuraubenden darf keinerlei Zweifel aufkommen, ob es sich um eine Maskerade oder einen echten Überfall handelt. Angst macht ihn zusammenarbeitswillig, was den Verlauf des Überfalls beschleunigt. Dadurch sinkt die Gefahr, geschnappt zu werden.

»Gute Zähne sind extrem wichtig«, sagte der Wilde Karlo. Hele und Kalle prusteten los.

»Zähne?«

»Schaut euch Gold-Piet an, dann wisst ihr, was ich meine.«

»Ein eindrucksvoller Kühlergrill«, sagte Gold-Piet und bleckte die Zähne. »Damit ist gut lächeln, was?«

3) Ehre

Ehre zu erlangen und zu behalten, ist das Allerwichtigste für einen Straßenräuber. Wer eine Räuberehre hat, wird verehrt und gefürchtet, und das ist Voraussetzung für die Arbeit eines Räubers. Ehre erlangt man durch häufige und wagemutige Überfälle und indem man bei Verfolgungsjagden, falls solche stattfinden, über die Polizei siegt. Beim Räubersommerfest, wo die Höhepunkte des abgelaufenen Geschäftsjahres rekapituliert werden, wird auch die Größe der Ehre gemessen.

»Und man rauft!«, sagte Hilda und hob den Blick bedenklich lange von der Straße, um sich Beifall heischend im Bus umzusehen.

»Natürlich rauft man«, knurrte der Wilde Karlo ungehalten. »Aber man misst seine Bedeutung vor allem in Ruhm und Ehre.«

»Die Raufereien sind trotzdem das Beste«, stimmte Kalle zu.

Seine Ehre kann man vergrößern, indem man sich ein eigenes Markenzeichen erarbeitet. Dabei handelt es sich zum Beispiel um eine neuartige, total listige Überfalltechnik, bei der außergewöhnliche Erfindungsgabe und Rücksichtslosigkeit zur Anwendung kommen.

»Der große Pärnänen spielte da in einer ganz eigenen Liga«, seufzte der Wilde Karlo. »Der große Pärnänen hat die Branche in ab-so-LUT neue Dimensionen versetzt! Ohne ihn säßen wir immer noch mit einer Pistole in den Büschen.«

»Pärnänen«, seufzte auch Gold-Piet. »Ein großer Klassiker. Der Mann brachte uns Jungen bei, wie man ein richtiges Ding dreht, nach allen Regeln der Kunst und so 'n Zeug.«

»Aaargh«, schnaubte Hele. »Das ist so öde! Nach der Liste da würde niemand Räuber werden wollen. Dabei ist die Räuberei das Beste, was es gibt«, sagte sie. »Riecher, Ehre und Aussehen. Was haben die denn mit diesem Job zu tun? Die passen vielleicht auf Politiker! Oder irgendwelche anderen HaReis.«

»Irgendwelche anderen was?«, fragte ich, aber ich bekam keine Antwort, so hitzig war die Diskussion.

»Das Wichtigste zuerst, dachte ich«, sagte der Wilde Karlo. »Riecher, Ehre und Aussehen, total in der richtigen Reihenfolge. Die Liste wird nicht geändert.«

»Aber hallo!«, sagte Hele.

»Also gut«, sagte der Wilde Karlo. »Auf besonderen Wunsch der Kämpferin Hele Räuberberg:

4) Überfallkünste
Zu den Überfallkünsten gehören das Stoppen von Autos, das Entern des Objekts, Drohungen und nach dem Überfall effektives und schnelles Verlassen des Tatortes.
5) Gute Kondition
Die Räuberei ist eine anspruchsvolle Tätigkeit, bei der man zügig und unter Druck arbeitet. Dies erfordert ...

»Ach so, gute Kondition?!«, lachte Hilda und wies mit dem ausgestreckten Zeigefinger auf Karlos kugelförmige Körpermitte.

»Die hab ich, für mein Alter«, sagte der Wilde Karlo. »Und man muss sich ja auch um den Riecher und das Aussehen und die Ehre kümmern. Die sind bei mir erstklassig.«

Hilda sagte nichts, aber sie schaute den Wilden Karlo

sonderbar zärtlich an, während ich hoffte, dass sie bald wieder auf die Straße schauen würde.

»Na, dann schreiben wir Durchhaltevermögen«, beschloss der Wilde Karlo. »Schreib!«

Dies erfordert von den Räubern gute Kondition sowie Tapferkeit in Seele und Geist, selbst wenn die Umstände nicht günstig sind.

6) Schauspielerische Fähigkeiten
Bei der Frontalannäherung ist schauspielerisches Können gefragt. Hierbei wird der Räuberbus auf der dem Objekt gegenüberliegenden Straßenseite geparkt und man fragt z.B. nach dem Weg. Mittels beträchtlicher schauspielerischer Fähigkeiten muss man dabei - ungeachtet Punkt 2 (Aussehen) - wie eine ganz normale Familie im Sommerurlaub wirken, freundlich und gesprächig.

»Deshalb machen wir Frontalannäherung so selten«, sagte Hele. »Ab-so-LUT langweilig! Wer will schon wie eine Zivilperson wirken, und sei es auch nur kurz!«

7) Überredungskünste
Hierzu gehören alle Mittel, mit denen man Leute dazu bringt, ihre Sachen herzugeben und sich während des Umladeprozesses ruhig zu verhalten: Erpressung, Drohung, Druckausübung, Betonung des eigenen Interesses, ein wenig Komik.

Was war denn komisch, als ich geraubt wurde?, fragte ich mich. Die erstaunten Gesichter meiner Eltern, als der Wilde Karlo die Hintertür aufriss und mich unter den Arm nahm wie eine Handtasche, könnte man vielleicht als komisch durchgehen lassen. Dann fiel mir das Durcheinander ein, das entstand, als ich in den Räuberbus gebracht wurde. Sie hatten nicht gewusst, was sie machen sollten. So etwas hatten sie noch nie getan, auch diese Räuberfamilie nicht. Irgendwie erleichterte mich dieser Gedanke.

8) Risikoabschätzung
Es gibt keine leichten Objekte. Jedes Objekt birgt ein eigenes Risiko, das analysiert werden muss. Wo liegt die nächste Polizeiwache? Gibt es eine neugierige Nachbarin, die Augenzeugin werden könnte? Wie verhalten sich die Insassen im Objekt? Wird sich jemand durch einen Gegenangriff zu verteidigen suchen?

»Wisst ihr noch, im März, die Frau, die mit dem Regenschirm um sich geschlagen hat?«, sagte Kalle. »Wir hier im Bus sind fürchterlich erschrocken, aber Gold-Piet hat das Ding super geschaukelt.«

»Kofferraum«, sagte Hele nickend.

»Hinterher sind wir zum nächsten Kiosk gefahren und haben angedeutet, da wär wohl eine Dame in ihrem Auto in die Klemme geraten«, sagte Gold-Piet. »Kaum jemand weiß, dass wir trotz allem ganz gutherzig sind.«

9) Durchhaltevermögen
Die Räuberei besteht zum größten Teil aus Warten, auch wenn man darüber nicht viel spricht. Man wartet auf das richtige Objekt und den richtigen Moment zum Überholen. Man wartet, bis die matschigste Jahreszeit vorbeigeht und man auf den kleinen Wegen wieder fahren kann. Ohne Durchhaltevermögen hätte ein Räuber höchstens zwei Wochen lang Kraft zum Rauben.

»Der Winter«, sagte Hilda, blickte versonnen durch die Frontscheibe und schien in ihrem ärmellosen Top zu zittern. »Irgendwann, wenn es sich ergibt, kann dir jemand von uns Gruselgeschichten über den Winter erzählen.«

10) Eigensinn und Eigeninitiative
Räuberei ist die Übertragung überzähligen Eigentums vom Objekt auf sich selbst. Ist ein Räuber nicht eigensinnig, gelingt es ihm nicht, dies durchzuführen.

»Boss, das ist gemogelt!«, sagte Hele. »Das sind zwei Eigenschaften auf einmal. Sie müssten die Nummern zehn und elf haben.«

»Da seht ihr's ja«, sagte der Wilde Karlo stolz. »Nichts, was ich sage, kommt bei Hele an. Wenn sie größer ist, wird sie ein ausgezeichneter Kommandant!«

Ich sah, wie Hele ihr übliches Hailächeln lächelte, aber ich sah auch, wie Kalle in sich zusammensank.

Hilda musste den Wilden Karlo zweimal mit dem Ellenbogen anstoßen, bevor er begriff und weitersprach: »Ja, und Kalle. Er wird schon bald ein richtiger Gentlemanräuber sein, denn er hat Herz und das Flair der großen Welt!«

Da lächelte Kalle, insgeheim und fast unmerklich.

Nach der Theorie waren die praktischen Übungen an der Reihe. Im Laufe von zwei Tagen griffen wir trainingshalber fünf Autos ab, damit ich lernte, worum es bei der Straßenräuberei ganz konkret ging. Ich sah, wie ein kleiner Fiat fast in den Straßengraben gedrängt und ausgeraubt wurde. Die Beute waren sechs riesige frisch geklopfte Steaks, eine Menge Erdbeeren und die neueste Nummer der *National Geographic* für den Wilden Karlo. Ich sah, welche Drohgesten nötig waren, um bei einem Toyota den Kofferraum aufzukriegen, wo dann die Kühlboxen zu finden waren. Beute: zwei neue Luftmatratzen, ein Paar Schwimmflossen, Eistüten und, zu Gold-Piets großer Freude, ein Kartenspiel. Ich sah einen nagelneuen Nissan Primera beinahe in ein Getreidefeld rasen, weil der Fahrer so erschrocken vor uns war. Beute: zwei Tafeln Schokolade und die von Hilda gewünschte Sonnencreme. Ich sah einen Überfall auf einen Geländewagen, dessen Familienvater nervös werden wollte, was Gold-Piet aber mit einem Sprung auf die Motorhaube wirksam verhinderte. Beute: zwei neue Barbiepuppen und ein Elektronikspiel. Ich sah ein Beispiel für eine Frontalannäherung, bei der eine gereizte Dame mittleren Alters, die einen funkelnagelneuen Citroën fuhr, das elektrische Fenster herunterschnurren ließ: »Was ist los?« Erbärmliche Beute: Erbsen, Gurken, etwas Fisch. Der Speisezettel einer Frau auf Diät ist nicht wirklich etwas für Räuber.

Nach dem fünften Wagen wusste ich allmählich, womit ich zu rechnen hatte. Ich konnte mich im richtigen Moment, kurz bevor Hilda Gas gab, am Sitz festklammern. Ich konnte schon im Chor mit Hilda den Countdown durchgehen:

»Parken – jetzt. Kontakt – jetzt. Fünf – vier – drei – zwei – Griffe fertig – Griffe!«

Dann schwankte der Bus, wenn Gold-Piet und der Wilde Karlo auf beiden Seiten heraussprangen. Ein neuer Überfall war im Gange.

Zwischen den Überfällen führten sie lange und hitzige Diskussionen darüber, welche Automarke als Raubobjekt am besten war. Alle versuchten, mich auf ihre Seite zu ziehen, was jedes Mal in heftigen Streit mündete.

»Ich glaube nicht, dass ich eine Meinung haben darf«, sagte ich gequält. »Schließlich bin ich eure Gefangene.«

»Nicht doch«, sagte der Wilde Karlo. »Du bist vor allen Dingen die erste Gefangene in der Geschichte der finnischen Straßenräuberei! Das ist die beste Erfindung seit den Wurfgriffen. Du – du bist ein Pionier!«, sagte er feierlich.

Jedes Mal wenn der Wilde Karlo von der Räuberei

sprach – und auch sonst oft – benutzte er große Worte, deren Bedeutung wir Kinder auf der Rückbank nicht immer verstanden. Irgendwann merkte ich zu meinem Erstaunen, dass sich etwas verändert hatte: Ich tat nicht mehr so, als wäre ich seiner Meinung. Ich hatte keine Angst mehr, dass mir etwas Schlimmes passieren könnte. Inzwischen konnte ich mir vorstellen, dass sie eine Aufgabe für mich hatten.

»Schneller, schneller, schnapp ihn!«, schrie Kalle.

Meter für Meter näherten wir uns dem nagelneuen Opel Meriva vor uns. Nicht dank unseres starken Motors, sondern weil Hilda keine Angst davor hatte, auf einer Schotterstraße mit Vollgas zu fahren. Der Bus schwankte und rappelte, es fühlte sich an, als säßen wir in einer Propellermaschine.

»Weniger als zwei Prozent versuchen zu fliehen«, sagte Hele gelassen und tätowierte das Bein einer Barbiepuppe mit Tinte und einer Nadel. Während wir anderen auf unseren Sitzen hin- und hergeworfen wurden, hielt sie sich nicht einmal fest. »Auch von denen gibt die Hälfte bald auf, wenn sie merken, dass ein bisschen Tempo uns nur anspornt.«

»Der hat einen ziemlichen Zahn drauf«, sagte Hilda und kurbelte verwegen das Fenster auf. »Aber wir werden hier nicht Zweite!«

Der Wilde Karlo stieß einen gewaltigen Kampfschrei aus, der meine Zehen gefühllos machte. »Drück auf die Tube!«, brüllte er.

»Den Flüchtigen nehmen wir normalerweise etwas mehr weg«, sagte Hele. »Zur Strafe für ihren Starrsinn rauben wir ihnen etwas, das sie um keinen Preis hergeben wollen.«

»Was zum Beispiel?«, fragte ich und versuchte nicht nachzuschauen, wie viele Zentimeter wir vom Straßengraben entfernt waren. Hilda schnitt die Kurven so dynamisch, dass man manchmal meinte, die Räder auf der Seite des Straßengrabens drehten sich in der Luft.

»Na, gib schon auf!«, kreischte Gold-Piet. »Auch so 'n Opel entkommt uns nicht ewig.«

»Was war denn der Vorige?«, überlegte Kalle. »Dieser Anglertyp?«

»Genau«, fuhr Hele fort. »Anfang des Monats haben wir einem Mann seine Angelköder abgenommen. Der hat ganz im Ernst geheult! All dieser Krempel. Komisch, dass die Leute so daran hängen.« Sie warf mir verschiedene Gegenstände aus dem Kasten unter der Sitzbank in den Schoß. Ein Tagebuch. Ein Rechnungsbuch von einem Unternehmen. Einen ledernen Stetson-Hut. Einen Haufen Maskottchen, wie man sie am Rückspiegel hängen haben kann. Eine Sonnenbrille. Vanamos Sonnenbrille. Mamas Handcreme mit Zitrusduft. Aus irgendeinem Grund befand sich auch mein Hello-Kitty-Minirucksack in dem Haufen. Darin waren mein Portemonnaie, meine Hausschlüssel, ein Pflaster, das Mama hineingesteckt hatte, und zwei Ersatzstifte. Normalerweise war auch mein Handy darin, aber auf dem hatte ich kurz vor dem Überfall ein Spiel gespielt. Den Rucksack zu sehen, fühlte sich merkwürdig an. Jetzt hatte ich mein Survival Kit dabei, genau wie Papa es immer wollte, wenn ich aus dem Haus ging. Sie hatten es mitgeraubt, weil es rosa war und womöglich Barbiepuppen enthielt. Aber dann war es in der Krempelschublade gelandet, weil es für die Räuber keinerlei Wert hatte.

Still und lange betrachtete ich die Sachen. Nun lernte ich eine Lektion, die die Räuberbergs mir vielleicht gar nicht hatten beibringen wollen. All diese Sachen waren irgendwo gestohlen worden, überlegte ich. Alle hatten jemand anderem gehört, waren für jemanden wichtige Schätze gewesen, und nun lagen sie als Raubgut hier. Als wertloser Krempel.

Kapitel 5

in dem ein Kiosk überfallen und über eine wichtige Sache namens Alienkotze gesprochen wird

Wenn man doch ein Kilo Lakritzschnur hätte«, sagte Kalle träumerisch. Wir lagen, die Füße gegeneinander, auf der Sitzbank. Es war die letzte Juniwoche. Der Bus rollte in sorglosem Tempo dahin. Der Tag war sonnig, Hilda hielt ihre Kaffeetasse entspannt in einer Hand, mit der anderen steuerte sie den Bus. Sie hatte Mamas alten Bikini an und pfiff vor sich hin.

»Oder Salmiakflöhe«, antwortete Hele ebenso träumerisch.

Zwei Tage waren vergangen, seit das letzte Bonbon aufgegessen war.

»Oder einfach gemischte Flöhe«, sagte Gold-Piet, der auf dem Sitz an der Tür hockte. »Die mit Fruchtgeschmack könnte ich dann haben. Besonders die roten und die grünen.«

»Würdest du tauschen? Ein halbes Kilo bittere Minzbonbons gegen ein halbes Kilo Lakritzschnur?«, fragte Hilda vom Vordersitz.

Das war so ein Spiel von ihnen.

Kalle überlegte. »Ja, aber dann müsste ich gerade ein gutes Buch lesen, damit ich abgelenkt bin. Bittere Minzbonbons darf man nämlich nicht kauen. Die Füllung ist am besten.«

»Ein Buch«, schnaubte Hilda. »Du bist mir ja ein toller Räuber.«

Ich lächelte Kalle verschwörerisch zu, aber Hele bemerkte es und griff sofort an. »Boss, warum hast du ein zweites solches Kind für uns geraubt? Warum hast du nicht so eine geraubt wie mich?«

»Na, Hele«, sagte Hilda beschwichtigend, »wie wär's: ein halbes Kilo Toffeelastwagen gegen ein halbes Kilo Salmiakflöhe?«

»Ich tausche nicht«, sagte Hele und blätterte in der *Bravo Girl,* die sie Vanamo gestohlen hatten. »Diese Lastwagen schmelzen im Sommer zu Klumpen zusammen, weißt du nicht mehr – im vorigen Jahr? Die kriegt man nur mit der Schere auseinander.«

»Hele tauscht ja nie!«, sagte Kalle bitter. »Die glaubt, dass man sie bei jedem Tausch beschummelt.«

»Na ...« Gold-Piet machte ein listiges Gesicht. »Tauschst du eventuell ein Kilo Salmiakflöhe gegen zweihundert Gramm Alienkotze?«

Hele setzte sich auf. »Jetzt mach keine Witze!«

»Lass es bleiben, die tauscht nicht«, lachte Kalle.

»Natürlich tausche ich«, sagte Hele. »Jeder vernünftige Räuber würde alles eintauschen, um Alienkotze zu bekommen!«

»Was ist denn das?«, fragte ich Kalle.

»So gemischte Süßigkeiten«, erklärte er. »In kleine Stückchen geschrotete Bonbons, sorgfältig ausgewählt, sodass alle verschieden sind, aber vom Geschmack her zusammenpassen. Die werden, glaube ich, gar nicht mehr hergestellt.«

Das klang köstlich. Ich lächelte versonnen. Dann erinnerte ich mich daran, dass ich eine Gefangene war, und schaute finster drein. Im Laufe der ersten Tage hatte sich meine Stimmung unmerklich geändert. Insgeheim genoss ich jetzt das Umherreisen. »Badeplatz!«, riefen wir, wenn wir eine gute Badestelle sahen. Dann bremste Hilda auf der Schotterstraße, dass die Steinchen nur so spritzten. Wir stellten den Bus an dem betreffenden Teich oder der Bucht auf, und innerhalb von fünf Minuten war das Lager für den Tag aufgeschlagen: Die Liegestühle standen auf der Sonnenseite des Busses, auf dem im Schatten aufgestellten Klapptisch begann das Würfelspiel, der Wilde Karlo riss sich immer mit denselben Worten das Hemd vom Leib: »Jau, und jetzt die Butter in die Pfanne!« Er rieb sich mit Sonnenöl ein, legte sich in den stabilsten Stuhl und begann zu schnarchen.

Die Abfahrt lief genauso sorglos ab. »Abfahrt!«,

schrie jemand, und innerhalb von fünf Minuten waren wir alle fertig, der Tisch lag zusammengeklappt im Bus, die Zeitschriften waren unter den Sitz gestapelt, und das aufblasbare Krokodil war platt wie eine Flunder. »Tschüs!«, riefen wir dem Badeplatz zu. Ich war begeistert, mit welchem Tempo wir wieder losfuhren. Wenn die Räder nicht durchdrehten, schrie Hele: »Mehr Gas geben!«

Am liebsten hätte ich auch geschrien, denn danach hatte ich mich schon immer gesehnt: *Mehr Gas geben!* Aber das zeigte ich den Räuberbergs natürlich nicht. Ich war ja nicht aus eigenem Willen hier. Ich war Raubgut, eine Gefangene, und dementsprechend versuchte ich, ein mürrisches Gesicht zu zeigen. Jedenfalls wenn ich daran dachte.

»Okay, okay«, sagte Hilda, als sie dem Gezänk zwischen Hele und Kalle lang genug zugehört hatte. »Wir müssen einen Raubzug machen, sonst meutert die Besatzung. Karlo?«

Der Wilde Karlo, der während der gesamten Süßigkeitendiskussion räuberhauptmannmäßig donnernd geschnarcht hatte, schreckte aus dem Schlaf hoch.

»Einen Raubzug«, sagte er mit vor Schreck weit aufgerissenen Augen.

»Ja. Unbedingt. Einen Überfall. Auf ein Auto? Einen Kiosk? Ein Ferienhaus?«

»Ein richtig guter alter Kiosküberfall wäre mal wieder dran, oder?«, sagte Gold-Piet begeistert. »Das Rauben macht doch enorm Laune, das sag ich immer.

Nichts für ungut, es war ja schön, aber wir haben seit zwei Tagen nur gebadet und so 'n Zeug. Ein kleiner Raubzug hebt doch immer die Stimmung.«

»Guckst du mal im Atlas nach, Hele?«, bat Hilda. »K wie Kiosk.«

Hele blätterte nach wie vor in einer Zeitschrift. Jetzt kippte sie, ohne den Blick zu heben, auf der Sofabank in Rückenlage, sodass sie eine Hand in das Fach unter dem Sitz stecken konnte. Offenbar wusste sie ohne hinzuschauen, wo was war.

Der Atlas, den Hilda erwähnt hatte, war ein großes Heft mit schwarzem Umschlag, in das Landkartenblätter eingeklebt waren. Jetzt hob Hele widerwillig den Blick von ihrer Zeitschrift. Sie leckte ihren Zeigefinger an, der nicht sehr sauber war, und begann die Heftseiten umzublättern.

»Guck bei K«, sagte Hilda und legte auf der schmalen Straße ein erstklassiges Überholmanöver hin. Karlo war entzückt und drückte auf die Hupe. Die schicke Familienkutsche hupte zurück, und der Vater, der am Steuer saß, drohte mit der Faust.

»Los, die überfallen wir!«, rief Karlo aufgeregt. »Wurfgriffe raus!«

»Keine Zeit«, sagte Hilda. »Wir haben gerade etwas anderes vor.«

»Schau, wir machen einen Kiosküberfall!«, tröstete Gold-Piet Karlo. »Das hat irgendwie mehr Glamour. Das Flair der großen Welt!«

Und so 'n Zeug, fügte ich im Stillen hinzu.

»K wie Kiosk. Zuerst kommt K wie Kaperfahrten«, sagte Hilda geduldig zu Hele und riss das Steuer herum, sodass wir knapp einem entgegenkommenden Lastwagen ausweichen konnten. Ich kannte niemanden, der so draufgängerisch Auto fuhr. Sie fürchtete keine Lkws, keine scharfen Kurven auf Schotterstraßen, nichts.

Hele hatte die richtige Stelle im Heft gefunden, blickte kurz aus dem Fenster, um auf den blauen Schildern zu lesen, welches die nächste größere Stadt war, und blätterte weiter. Auf jede Seite war eine Landkarte geklebt, und auf jeder Karte saß an einer Stelle ein kleiner roter Aufkleber, der eine Süßigkeitenbude mit Markise darstellte.

»Hier!«, sagte Hele. »Zwei Kilometer. So ein Rastplatz für Lkws, keine Häuser drum herum. Und ich hab dich gesehen!« Hele wirbelte zu mir herum. »Du versuchst zu spionieren, Gefangene!«

»In diesem Bus werden ab-so-LUT keine Schimpfwörter gebraucht, hör sofort auf!«, sagte der Wilde Karlo, nun völlig wach. »Vilja wird uns noch viel Nutzen bringen. Sprich mir nach!«

»Nee, *ab-so-LUT keine Schimpfwörter*«, sagte Hele mit sehr gelangweiltem Gesicht, schnappte sich wieder ihre Zeitschrift und erinnerte mich in diesem Augenblick stark an meine Schwester Vanamo. »Ab-so-LUT-tschuldigung.«

Der Bus wurde, falls das möglich war, noch schneller.

»Hele ist immer so«, sagte Kalle leise, als er sah, dass sie in die Zeitschrift vertieft war. »Die will, dass alle sich vor ihr fürchten. Wenn sie groß ist, will sie Punksängerin oder Kapitän für so einen Bus hier werden, und in beiden Berufen ist es total wichtig, dass man Furcht erregt.«

»Was für ein Bus ist das eigentlich?«, fragte ich ihn. Ich wechselte das Thema, weil ich fürchtete, Hele könnte zuhören und noch ärgerlicher werden. »Ich dachte zuerst, es ist ein etwas größerer Kleinlieferwagen – mein Angeber-Onkel hat so einen –, aber hier stehen sich die Sitzbänke ja gegenüber. Total komisch.«

»Papa hat ihn so umgebaut«, sagte Kalle. »Er weiß alles über Busse und Lieferwagen.«

Auf seinem Gesicht lag ein Ausdruck, der zeigte, dass er nicht alles gesagt hatte.

»Ist das etwa ein Polizeibus?«

»Nein«, lachte Kalle. »Das wäre cool! Ein kidnappender Polizeibus. Man könnte in Blau draufschreiben: Nappizei.«

»Das ist ein Mannschaftswagen«, schaltete Gold-Piet sich ein. »Sieben Plätze. Optimaler Spritverbrauch selbst bei voller Beladung. Gute Beschleunigung und so 'n Zeug. Ist vielleicht verboten, ihn so anzupreisen«, sagte er, warf sich in die Brust und spuckte über seine Schulter zur Tür, »aber er ist einfach ein für alle Mal der perfekte Räuberbus.«

Hilda bog von einer geraden Landstraße mit Wald zu beiden Seiten auf einen kleinen Rastplatz mit Parkplätzen und einem Verkaufsstand ein. Von Nadelwald umgeben, stand der kleine Kiosk ganz allein an der geraden Landstraße. Zwei Schilder, »Erdbeeren« und »Erbsen«, schaukelten im Wind, während ein Junge sich mit den Haken abmühte, an denen sie hingen.

»Hallo, junger Mann!«, sagte Gold-Piet und stieg aus. »Brauchst du Hilfe?«

Er lehnte extrem lässig in der Autotür. Piets Ideal war der Gentlemanräuber, der es fertigbrachte, dass alle ihm brav gehorchten und die Frauen ihm noch hinterherseufzten.

»Wenn Sie mir das abnehmen könnten?«, ächzte der Junge. »Das Schild ist erstaunlich schwer!«

Ich sah durch die offene Heckklappe des Räuberbusses zu, wie sie die Schilder abnahmen. Vielleicht waren schon alle Erdbeeren und alle Erbsen verkauft. Hele huschte hinter Piet her, um der Sache etwas Dampf zu machen. Die Gentlemanräuberei dauerte einfach zu lange, wenn alle mächtig Hunger auf Süßigkeiten hatten. Mittlerweile hatte der Wilde Karlo lässig seinen Sicherheitsgurt abgeschnallt und begab sich zum Ort des Geschehens, um zu überwachen, dass alles wie gewünscht ablief.

»So«, sagte der Junge, als er endlich wieder im Kiosk stand. »Was darf es denn sein? Wenn Sie Kaffee wollen, dauert es einen Moment, den muss ich erst aufsetzen.«

»Uns interessieren vor allem Süßigkeiten«, sagte der Wilde Karlo.

»Und wir pflegen nicht zu bezahlen«, fügte Gold-Piet

hinzu und legte einen leicht bedrohlichen Ton in seine Stimme. »Das verstehst du bestimmt.«

Sie lehnten alle an der Verkaufstheke der kleinen Bude und sahen grauenerregend aus, besonders Hele, die sich mit dem von Kalle geschärften Obstmesser die Zahnzwischenräume reinigte. Wirklich eindrucksvoll, fand ich.

»Ist mir recht«, sagte der Junge.

»Na also«, sagte der Wilde Karlo zufrieden. »Das dachten wir uns.«

»Na ja, dieser Kiosk ist jetzt noch zwei Stunden geöffnet. Dann mache ich dicht, und er wird nie mehr wieder aufgemacht. Hier kommt eh keiner vorbei, bloß die Leute aus den Sommerhäusern. Alle anderen haben es eilig und nehmen die Autobahn.«

»Her mit dem Süßkram!«, fuhr Hele ihn mit grimmiger Stimme an.

»Kommt selbst gucken, was ihr haben wollt«, sagte der Junge unbeeindruckt und machte die Seitentür wieder auf. »Die Sachen kann ich eh nicht mehr verkaufen, außerdem sind sie zum großen Teil schon alt, die dürfte ich gar nicht mehr anbieten. Ihr macht mir nur die Endreinigung ein bisschen leichter, also bitte sehr.«

Er lehnte sich an einen Mülleimer aus Metall, während Gold-Piet, der Wilde Karlo und Hele geschäftig in der Bude herumwühlten und Großhandelspakete mit Lakritze, Schokoriegeln und Salmiakkugeln zum Bus trugen.

»Frag mal, ob es auch Senf gibt«, rief Hilda. Sie hatte den Bus immer noch im Leerlauf, obwohl der Junge nicht so aussah, als würde er die Polizei rufen. »Wenn's Kastell gibt, nimm ihn mit, wir haben nur noch zwei Tuben!«

Der Junge schüttelte den Kopf. »Letztes Jahr gab es hier noch eine Würstchenbude, da hatte ich wenigstens jemand, mit dem ich reden konnte. Aber jetzt nicht mehr. Am Ende des vorigen Sommers haben sie die Bude auf einen Lkw verladen und abtransportiert.«

Der Räuberbus füllte sich mit Kartons, von denen die meisten fast leer waren.

»Los, verschwinden wir! Mir steht's bis hier«, sagte Hele und zeigte, die flache Hand vor ihrem Hals, bis wo es ihr stand. »Ehrlich, Leute. Was für eine ab-so-LUT schlappe Aktion. Wir verlieren unsere Ehre!«

»Der Junge hier wird niemanden anrufen«, sagte der Wilde Karlo. »Der ist doch auf unserer Seite.«

»Ich rufe niemand an«, sagte der Junge und schüttelte den Kopf. »Hier gibt es nicht mal ein Telefon, wie ihr seht. Bei der Arbeit darf man kein Handy haben, sonst kriegt man 'ne Verwarnung. Hey, wollt ihr diese Lutscher?«, rief er, als alle sich schon wieder in den Bus gequetscht hatten. »Das sind fünfzehn verschiedene Geschmacksrichtungen!«

Auf ein Zeichen von Hele stieg Kalle noch einmal aus und holte einen Eimer voller Lutscher in den Bus.

»Sollen wir dich irgendwohin mitnehmen?«, bot der Wilde Karlo dem Jungen an.

»Nein, danke. Hier muss ja noch zwei Stunden geöffnet sein. Ich hab mein Fahrrad da drüben.«

»Na dann, schönen Tag noch!«, rief der Wilde Karlo, als der Bus anfuhr, und auch ich, von einer seltsamen Rührung übermannt, winkte.

»Ein jämmerlicher Raubzug!«, schimpfte Hele, während der Bus auf ein übertrieben hohes Tempo beschleunigte, als ob uns Verfolger auf den Fersen wären.

»Ein paar lausige Schokoriegel, und alles ziemlich alt.« Sie kippte die Schachteln aus, und wir sahen sofort, wie klein der Haufen Süßigkeiten auf dem Fußboden des Busses war.

»Aber eine Gentlemanaktion, im Stil der großen Welt«, sagte Gold-Piet. »Eine Aktion wie aus dem Lehrbuch für das neue Mädchen.«

»Nein, superpeinlich!«, sagte Hele und sah mich kurz an. »Das war gar kein Überfall. So einfach ist das nicht.«

»Das reicht höchstens für zwei Tage«, sagte Kalle.

Ich wusste, mit welcher Geschwindigkeit die Räuberbergs Bonbons aßen. Kalles Einschätzung war keineswegs übertrieben.

Bestimmt hatte ich zu viel Schokolade gegessen. Oder vielleicht war die Schokolade aus dem Kiosk zu alt gewesen und rumorte jetzt in meinem Magen. Ich nickte kurz ein und wachte in meinem Zimmer wieder auf. Verwirrt lag ich unter meiner Decke und betrachtete den Lampenschirm mit den Rosen- und Nelkenblüten. Ich hatte das Gefühl, eine ganze Nacht geschlafen zu haben. Und ich war trotz allem zu Hause. Das ganze schöne Abenteuer war nur ein Traum gewesen.

»Vilja, hast du meinen Haarlack geklaut?« Vanamo riss die Tür auf. »Den mit Glitzer drin. Heute ist 'ne Party, und ich brauche ihn SOFORT.«

Sie stürzte sich auf mein Bett, packte mich an den Schultern und schüttelte mich. Jetzt wusste ich wieder, wie es zu Hause war. Nämlich genau so.

»Ich – mag – doch – gar – kei – nen – Haar – lack«, sagte ich mit schlackerndem Kopf. »Hör – auf!«

»Du Dieb! Gib sofort her!«

Da begriff ich, dass die Stimme gar nicht Vanamo gehörte, sondern einem noch wütenderen Wesen: Es war Vanamo mit Heles Stimme.

Ich öffnete die Augen und merkte, dass der Räuberbus stillstand. Wir hatten irgendwo angehalten, aber sie hatten mich nicht geweckt. Die Seitentür stand offen, und ich konnte hören, wie Kalle und Hele sich stritten. Ich erhob mich von der Sitzbank und blinzelte den Schlaf weg. Mir wurde klar, was für ein Glück ich hatte, hier aufzuwachen, bei diesem Streit, vor einem fremden Sommerhaus. An diesem spannenden Tag, der ein Tag meines neuen Lebens war.

»Klau dir ein eigenes Messer«, sagte Hele und entwand Kalle das Messer. »Ein Räuber bestiehlt keinen Räuber!«

»Oh doch, und wie!«, lachte Gold-Piet keckernd und

holte sich einen Hammer aus dem Werkzeugbeutel, der in der Lade neben der Tür lag.

»Guten Morgen«, sagte er zu mir. »Du hattest wohl einen Alptraum. Hast ganz schön um dich geschlagen. Da drin gibt's Kakao, wenn du willst.«

»Du HAST ein eigenes Messer«, sagte Hele, als sie sah, wie verzweifelt Kalle über den verlorenen Kampf war.

»Das ist ein Obstmesser«, sagte Kalle leise. »Mama hat es gesagt, ein Obstmesser. Damit kann man keine Autos überfallen.«

»Komm, wir gucken in der Küche nach, ob's da eins gibt«, sagte Hele. Kalle freute sich, und beide rannten los, auf die Blockhütte zu.

»Halt, stopp!«, sagte Gold-Piet. »Das hier ist was anderes. Hier wird nichts weggenommen, nicht ein einziges Löffelchen.«

Ich kletterte aus dem Bus, meine Beine waren vom Schlafen noch ein wenig schwach.

»Schnell!«, sagte der Wilde Karlo und ging Piet entgegen. Er trug einen fremden Bademantel. »Das Wasser ist noch so kalt, dass man sich den Hintern abfriert. Es muss beim ersten Versuch klappen, sonst können wir's vergessen.«

»Ja, das ist aber schwierig, weil's so schwankt«, sagte Gold-Piet. »Das macht einen fertig.«

Ich fand das alles sehr merkwürdig und machte mich auf die Suche nach Hilda, die es mir vielleicht erklären könnte.

»Die Jungs bringen den Bootssteg in Ordnung«, antwortete Hilda, bevor ich fragen konnte. Sie reichte mir eine Tasse Kakao, der die perfekte Temperatur hatte, dampfend, aber nicht so heiß, dass man sich den Mund verbrennen konnte. »Und dann muss nur noch die Tür vom Plumpsklo heil gemacht werden, und wir können wieder los.« Sie klopfte gedankenverloren mit dem Fingerknöchel auf eine Liste, die auf der Wachstuchtischdecke lag. Die Liste war in der Schönschrift eines alten Menschen geschrieben. Als Hilda meinen Blick bemerkte, nahm sie den Zettel vom Tisch, faltete ihn und steckte ihn in eine Tasche ihrer Shorts.

»Bald können wir wieder losfahren.«

»Ist das hier gar kein Ferienhaus-Überfall?«, fragte ich.

»Oh nein«, lachte Hilda. »Also, die machen wir schon manchmal. Aber das hier ist nur so eine Art Hausmeisterjob.«

»Unter dem Dach war ein Eichhörnchennest«, sagte Hele und kam herein, um Kakao zu trinken. »Wir haben es leer gemacht und die aufgerissene Stelle wieder zugenagelt. Aber da sind Sägemehl und Wolle drin, alles durcheinander. Ich weiß nicht, ob sich das später auf die Wärmedämmung auswirkt.«

»Danke, Schatz«, sagte Hilda und zauste der vorbeigehenden Hele das Haar. Hele duckte sich unter ihrer Hand weg, aber ich sah in ihrem Gesicht, wie glücklich sie war.

»Fertig mit dem Steg!« Der Wilde Karlo kam in seinem Bademantel herein, gefolgt von Gold-Piet. »Aber es ist von Jahr zu Jahr kälter; der Grund des Sees ist ja felsig.«

»Da wird die gute Alte frieren, wenn sie versucht zu baden, ohne in die Sauna zu gehen«, sagte Hele.

»Ich hoffe immer, dass es nicht so kalt wird, dass wir herkommen müssen«, sagte Kalle. »Das hier ist die kälteste von unseren Stellen. Wenn man sich auf dem verschneiten Steg die Zähne putzt, hat man das Gefühl, sie fallen einem als Kieselsteine aus dem Mund.«

»So, trink noch deinen Kakao, Kalle, schnell den Abwasch, und dann geht es wieder los«, unterbrach Hilda im Befehlston. Obwohl ich als unübersehbares Fragezeichen mitten in der Küche der Alten stand, wollte mir ganz offensichtlich niemand erklären, worum es ging.

Der Kakao war schnell ausgetrunken, und wir drängten uns bald wieder in den Bus und waren im Nu auf der Landstraße. Während der Bus gleichmäßig brummte, machte ich mir eine Notiz in mein Heft.

DER HAUSMEISTERJOB DER RÄUBERBERGS
Aufgeschrieben von Vilja

1) Die Räuberfamilie besucht ein Sommerhaus, wo eine Liste zu erledigender Arbeiten auf sie wartet.
2) Also weiß jemand, dass die Räuberbergs das Haus besuchen. Die Beziehung ist freundschaftlich (Brief).

3) Anhand der Liste wird das Haus nach dem Winter für den Sommer in Ordnung gebracht.
4) Die Aufgaben sind auch in früheren Jahren ausgeführt worden. (Darauf weist der Kommentar von Karlo Räuberberg hin, der See werde von Jahr zu Jahr kälter.)
5) In der Blockhütte wohnt ein älterer Mensch, offenbar eine Frau (Heles Kommentar über die gute Alte).
6) Kennt diese alte Frau die Räuberbergs wirklich, oder arbeitet die Familie nur für sie?
7) Weiß die alte Frau Bescheid über den tatsächlichen Beruf der Räuberbergs? Schützt sie die Straßenräuber?
8) Hilda Räuberberg bezeichnete die Arbeit als Hausmeisterjob. Warum bloß verrichtet eine Familie, die von Überfällen lebt, solche niederen Arbeiten?
9) Kalle sagt, das Haus sei das kälteste von allen. Gibt es noch mehr solche Hausmeisterhäuser und wenn ja, warum?
10) Besonders merkwürdig: Warum sagt Kalle, dass die Räuberbergs die Hütte manchmal zur Winterzeit aufsuchen? Später überlegen oder herausfinden: Wo verbringen die Räuberbergs im Allgemeinen den Winter?

Ich lutschte am Bleistiftende. Weiter kam ich mit meinen derzeitigen Kenntnissen in der Sache nicht.

»Was schreibst du da?«, fragte Hele. Sie hatte sich,

ohne dass ich es gemerkt hatte, auf der Sitzbank an mich herangepirscht. Beinahe, beinahe hätte sie gesehen, was ich geschrieben hatte, doch in letzter Sekunde gelang es mir, das Heft zuzuschlagen.

»Ich mache nur ein paar Pläne«, sagte ich.

»Sie macht Pläne«, wiederholte der Wilde Karlo anerkennend und drehte sich vielsagend nickend zu den anderen um. »Sie a-na-ly-siert nämlich, seht ihr. Erstellt Diagramme. Entwickelt unsere Arbeit weiter. Wollen wir wetten, dass in dem kleinen Kopf sogar ein neues Markenzeichen heranreift!«, sagte der Wilde Karlo und berührte wissend seine Nase. »Ich kenne dieses Mädchen so langsam. Sie führt Böses im Schilde.«

Und er grinste so breit, dass man das Gefühl bekam, im Räuberbus wäre die Sonne aufgegangen.

Kapitel 6

in dem Vilja Räuber wird

»Hey, da steht was über dich!«, sagte der Wilde Karlo und winkte mit einer geraubten Abendzeitung. Es war die Mittsommernummer. Der Kiosküberfall lag zwei Tage zurück. Hilda und Hele konnten sich beide nicht recht mit der mangelhaften Qualität des Raubzuges abfinden.

Die Klappstühle waren fürs Abendessen aufgestellt, Hilda schürte das Feuer, Kalle öffnete Würstchenpackungen und stapelte Knäckebrotscheiben auf den Tisch. Wie schön, dachte ich, dass die Knäcke-Räder nicht in Stücke gebrochen wurden, sondern dass alle sie als gewaltige Platte von der Größe einer Pizza aßen, die man mit beiden Händen festhalten musste.

Hele ging an Karlo vorbei und schnappte sich die Zeitung aus dessen Hand. Sie las wie eine Nachrichtensprecherin vor: »*Vilja Vainisto, 10, immer noch verschwunden. Die vor einer Woche verschwundene Vilja-Tuuli Vainisto ist nach wie vor einem ungewissen Schicksal ausgeliefert. Ihre Mutter vermisst sie sehr. Hinweise aus der Bevölkerung bitte telefonisch an die Nummer ...*«

»Ach, die Arme«, sagte Hele ironisch. »Ob auch die kleine Vilja-Tuuli ihre Mutter sehr vermisst? Das musst du doch, wenn es sogar in der Zeitung gedruckt steht.«

»Verschwunden«, schnaubte ich. »Verschwunden! Als ob ich zum Spielen rausgegangen wäre und dann zu dumm war, wieder nach Hause zu finden!«

Ich nahm mir das Klappmesser, riss Hele die Zeitung aus der Hand und begann, Messerwerfen zu üben. Ich war so wütend, dass das Messer zum ersten Mal, seit ich trainierte, weit genug flog, auch wenn es nicht einmal in die Nähe der Zielscheibe kam oder gar, wie bei Hele, im Baum steckenblieb.

»Wär doch Klasse gewesen, wenn sie geschrieben hätten, dass das Mädchen gestohlen wurde und so 'n Zeug. So ist es ja schließlich. Am helllichten Tage geraubt«, sagte Gold-Piet träumerisch. »Beim Sommerfest würden wir dann anrollen und so betont bescheiden auftreten: Ja, das waren wir, sogar in der Zeitung. So ist das mit der Ehre, bei uns läuft es gut mit der Räuberei, kein Problem, sei es ein Auto, ein Kiosk oder ein Mensch.«

»Da würden sogar den Pärnänens die Mäuler offen stehen bleiben«, sagte der Wilde Karlo und griff wieder nach der *National Geographic*, durch die er sich mit einem Wörterbuch durchbuchstabierte. »Die sind ja inzwischen richtig eingebildet wegen dem Erbe ihres großartigen Vaters. Die anderen Räuberfamilien müssen schon froh sein, wenn sie überhaupt mal was sagen dürfen.«

»Es wird wirklich höchste Zeit, dass mal jemand der jungen Frau Pärnänen den Mund stopft«, sagte Hilda und wischte eine Bratpfanne aus. »Meinetwegen endgültig!«

»Na also, das geht ja schon ein bisschen besser«, sagte Hele hinter mir. Sie hatte meine Messerwerferei bereits eine Weile beobachtet. Ich war immer wieder überrascht, wie lautlos ihre Schritte waren.

»Die wollen mich nicht mal zurückhaben«, sagte ich wütend. »Denen ist es peinlich, dass ich geraubt wurde. Deshalb schreiben sie es nicht in die Zeitung!«

Genau da flog das Messer so aus meiner Hand, wie es richtig war. Das merkte ich schon, als ich es losließ. Es sauste leicht und zielgenau auf den Baum zu und blieb in der unteren Ecke des Papierbogens stecken. Bis zum schwarzen Mittelpunkt war es immer noch weit, aber immerhin hatte ich das Papier getroffen.

»Für dich besteht ja Hoffnung«, sagte Hele.

Das war das Netteste, was sie je zu mir gesagt hatte. Sie ging hinüber, wand das Messer aus dem Stamm, stellte sich neben mir mit dem Rücken zur Zielscheibe auf und warf über ihre Schulter ins Ziel, als wollte sie mir zeigen, wie deprimierend viel ich noch lernen musste.

Wie jeden Abend spielten wir Kniffel. Das ist ein Würfelspiel mit fünf Würfeln. Man muss verschiedene Aufgaben erfüllen, zum Beispiel möglichst viele Dreien sammeln, oder zwei Päsche mit einer möglichst hohen Gesamtsumme würfeln. Kniffel wurde jeden Abend als Letztes gespielt, und damit ermittelten wir, wer wo übernachten würde. Der Sieger bekam das große Lattenrostbett im Räuberbus und durfte wählen, wen er in der Nacht neben sich haben wollte. Die Verlierer mussten ins Igluzelt. Seit Gold-Piet mich nachts nicht mehr bewachte, schlief er wieder in seiner Hängematte, die er zwischen zwei Bäumen oder, wenn es regnete, an zwei Haken unter dem Vordach aufspannte. Kalle, Hele und ich hatten jede Nacht im Zelt übernachtet, außer in der allerersten, in der ich unter Piets Intensivüberwachung stand.

»Eine Hütte!«, rief der Wilde Karlo begeistert und rührte mit den Händen heftig in der Luft, wie er das immer tat, wenn er sich richtig freute. »Eine Hütte, eine Hütte, wer hat eine Hütte. Hüütteee!«

So schrie er jeden Abend und tanzte seinen Luftrührtanz. Erst am Abend zuvor hatte ich die Regeln gelernt, hatte in die zerknitterte Spielanleitung gestarrt, um zu verstehen, was ich als Nächstes versuchen musste. In der Anleitung stand Full House, und das meinte der Wilde Karlo offensichtlich mit »Hütte«: drei gleiche und zwei gleiche Augenzahlen.

»Entschuldigung, das ist keine Hütte«, sagte ich.

»Natürlich ist das eine«, sagte Gold-Piet schnell und sah mich mit seltsam runden Augen an.

»Oh doch«, sagte auch Hilda. »Doch, doch, sieh mal hin.« Sie räusperte sich vielsagend.

»Aber nein«, beharrte ich erstaunt. »Das da ist eine Drei. Es müsste eine Zwei sein.«

»Das IST eine Hütte«, sagte Hele und wollte die Würfel einsammeln und in den Würfelbecher tun, denn sie war als Nächste dran. »Manche haben einfach Glück beim Würfeln.«

»Aber ...«, sagte ich und suchte in der Anleitung die Stelle über Full House.

Kalle nahm sie mir aus der Hand und sah mich mit demselben Ausdruck an wie Gold-Piet. Blitzschnell, trotz seines Leibesumfangs, hinderte der Wilde Karlo Hele daran, die Würfel einzusammeln, und sah sich sein Würfelergebnis noch einmal an. »Vilja hat recht. Das ist keine Hütte, da ist ja eine Drei.« Er sah bestürzt aus.

»Ihr habt mich beschummelt!«, sagte er langsam. »Ihr wolltet mir weismachen, ich hätte es geschafft. Ihr alle, außer Vilja.«

»Boss, in dieser Beleuchtung sah es wie eine Zwei aus«, sagte Kalle freundlich.

»Hauptsache, wir werden bald fertig mit dem Spiel«, setzte Hilda begütigend hinzu. »Es wird langsam so kalt, dass es schön wäre zu wissen, wo man heute Nacht schlummern wird. Würfelt weiter!«

Ich stellte mir bereits in allen Einzelheiten vor, wie ich mich in weiche Kissen kuschelte. Im Bus zu schlafen, hatte außerdem den Vorteil, dass man dort Bettwäsche und eine Decke benutzen konnte, während man im Zelt schon wegen der Temperatur einen Schlafsack brauchte.

»Ihr habt geglaubt, ich ertrage keine Misserfolge«, schrie der Wilde Karlo, sprang auf und grub die Fingernägel in einen seiner Zöpfe, der sich zu einer zottigen Locke auflöste. »Was treibt ihr für ein falsches Spiel! Mit eurem eigenen Hauptmann!«

Hele würfelte, versuchte, aus einer völlig hoffnungslosen Anfangsaugenzahl zwei Päsche zu machen, und schrieb sich einen missglückten Versuch auf. Ich fand ihren enttäuschten Seufzer übertrieben. Was war hier eigentlich los?

»Vilja ist dran«, sagte Hele in die Richtung des Wilden Karlo. »Vilja braucht noch einen Kniffel, und fünf Gleiche kriegt man nicht so leicht. Tja, sieht so aus, als ob du wieder gewinnst. Wir anderen müssen halt die Handgelenke trainieren, davon hängt ja alles ab. Oder?«

»Vom Handgelenk hängt alles ab, nicht wahr Piet«, sagte der Wilde Karlo versöhnlich.

Gold-Piet murmelte zustimmend. Ich würfelte und bekam drei Fünfen. Mit den beiden weiteren Würfen bekam ich noch zwei Fünfen. Kniffel, schrieb ich in meine Tabelle, fünfzig Punkte. Ich hatte alle Aufgaben erfüllt, und meine Endsumme war höher als die vom Wilden Karlo.

»Fertig! Ich habe wohl gewonnen«, sagte ich glücklich.

»Aha«, sagte der Wilde Karlo und blinzelte. »Vilja hat also gewonnen.«

Alle starrten mich an. Es war totenstill.

»Herzlichen Glückwunsch«, sagte Hilda und zog ihre Wolljacke enger um sich. Der Abend war viel kälter geworden, nachdem die Sonne untergegangen war. »Stört es dich, wenn du in unserer alten Bettwäsche schläfst? Wir haben noch andere da in der Truhe, aber die würde ich gerne fürs Sommerfest aufheben.«

»Überhaupt nicht«, sagte ich. »Schön, mal in Bettwäsche schlafen zu dürfen.«

Kalle trat mir gegen den Fußknöchel.

»Mit wem willst du denn zusammen übernachten?«, fragte Hilda sanft. Sie schien mit dem Kopf auf den Wilden Karlo zu deuten, der die kleinen Würfel in seiner riesigen Hand sammelte und das Spiel wegpackte. Wie gewonnen, so zerronnen, murmelte er kaum hörbar, als er den Spielkarton zuklappte.

»Ich dachte, mit Kalle.«

Kalle trat mich aufs Neue.

»Von mir aus auch noch mit Hele. Ich glaube, wir haben alle drei Platz, das Bett ist ja ziemlich breit.«

Auch Hele knuffte mich mit dem Finger in den Rücken. »Wenn ich es mir recht überlege, werde ich wohl die ganze Nacht nicht schlafen gehen«, sagte sie schnell. »Ich habe schon immer mal den Sonnenaufgang sehen wollen. Genau. Ich möchte neue Raubzüge planen und den Sonnenaufgang betrachten. Ich nehme nur diese Wolldecke und setze mich in einen Liegestuhl.«

»Und du, Piet?«, wandte ich mich hoffnungsvoll an ihn.

»Nein, danke, Mädchen«, sagte Gold-Piet. »Meine Hängematte und ich haben so viele Nächte gemeinsam erlebt. Und ausgestreckt könnte ich gar nicht schlafen.« Er nahm einen grauen Pappkarton und seine zusammengerollte Hängematte von der Hutablage und ging hinaus.

»Den kriegst du nicht nach drinnen«, sagte Kalle. »Der baut in der Nacht, wenn alle schlafen und keiner zusieht, seine geheimen Sachen.«

»Was baut er denn?«, fragte ich neugierig.

Kalle schüttelte den Kopf. »Das bleibt geheim bis zum Sommerfest. Und guck bloß nicht in den Karton, wenn du nicht eines grausamen Todes sterben willst. Gold-Piet ist ja sonst ein sanftmütiger Mensch, aber da versteht er keinen Spaß.«

»Na dann«, sagte Hilda forsch und klatschte in die Hände.

»Gehen wir schlafen. Kalle und Vilja in den Wagen, eine Wolldecke für Hele, Karlo nimm dir den Schlafsack, wir gehen schon mal zum Zelt.«

Sie begann ihren Mann zum Igluzelt zu führen. Es

war unter einer Birke aufgebaut worden, derselben Birke, in der immer noch Heles Klappmesser steckte.

»Kapierst du denn nicht, wir müssen gegen ihn verlieren!«, zischte Kalle mir zu, als wir zu zweit waren.

»Warum denn?«, flüsterte ich zurück, aber Kalle konzentrierte sich darauf, sich einen richtig kuscheligen Schlafplatz einzurichten, und vermied es zu antworten.

Nachts war es im Bus sehr gemütlich. Unter der einen Sitzbank konnte man einen Lattenrost hervorziehen, der so auf beide Bänke passte, dass ein Schlafplatz von der Größe eines Doppelbettes entstand. Aus dem Autoradio kam leise Musik. Die Gardinen ließen sich ganz zuziehen. In der Abenddämmerung sah man hinter den Gardinen die Schatten der erhängten Barbiepuppen.

»Rate mal, was ich manchmal denke«, sagte Kalle, als wir schon eine Weile im Bett gelegen, an die Decke gestarrt und aufs Einschlafen gewartet hatten. »Ich denke: Ich würde alles tun, um du zu sein.«

»Aha«, sagte ich verblüfft und drehte mich zu ihm um. »Wie meinst du das?«

»Irgendwann wirst du trotz allem nach Hause zurückkehren. In dein eigenes Leben.«

»Das ist nichts, was man sich wünschen würde«, sagte ich und dachte an all die Nachmittage, die ich mit Vanamo gestritten hatte, an die Abende, wenn Papa in seinen Laptop starrte und Mama beim Kochen pausenlos in ihr Handy sprach. Als ob wir gar nicht da wären.

»Hast du ein eigenes Zimmer?«, fragte Kalle.

»Ja«, sagte ich und dachte an mein Zimmer, das bis aufs i-Tüpfelchen aufgeräumt war. Selbst die Puppen waren nach Größe geordnet, obwohl ich fast nie mehr mit ihnen spielte. Auf dem Schreibtisch eine Büchse mit gespitzten Bleistiften und eine mit Buntstiften. Dann dachte ich an Vanamo, die ständig etwas aus meinem Zimmer klaute. Sachen, die man in Vanamos Schweinestall unter all ihren Lipglossdöschen, Jeanshosen und aus Zeitschriften ausgeschnittenen Liebestests nie mehr wiederfand. Da wurde ich ein bisschen wehmütig und dachte, es wäre doch schön, eine Weile in meinem Zimmer sein zu dürfen. Wenn auch nur ganz kurz.

»Fantastisch«, seufzte Kalle. »Bei mir würde an der Zimmertür stehen: ›Zutritt verboten!‹«

Er schloss die Augen, und ich glaubte zu sehen, wie er sich ein Totenkopfschild an seiner Tür vorstellte.

Dies ist das Reich Kalles des Schrecklichen, Zutritt verboten!

Was hätte er wohl in seinem Zimmer? Totenschädel? Piratenschiffe? Einen Nachttisch in Form einer Schatztruhe? Bilder der berühmtesten Räuberfürsten?

»Ich glaube«, sagte Kalle mit immer noch geschlossenen Augen, »wir geben dich zurück, wenn der Sommer vorbei ist. Im Winter ist es überall so eng, wenn wir mal hier, mal da übernachten. Und vorher ist Herbst, und da fängt ja für dich die Schule an.«

»Ja«, sagte ich.

Es war ein komisches Gefühl, über mein eigenes Leben zu sprechen, während ich gar nicht sicher war, ob ich jemals dorthin zurückkehren konnte. Als ich an mein Zimmer dachte, war mir klar geworden, dass ich gerade ein wunderbares, perfektes Abenteuer erlebte.

»Ich würde auch gern in die Schule gehen«, sagte Kalle, der mir jetzt ernst in die Augen sah. »Hele lacht immer, wenn ich versuche, etwas zu lesen. Ich habe viele Bücher, aber die haben alle ein Loch von Heles Klappmesser.«

Wir schwiegen lange. Ich wackelte unter der Decke mit den Zehen. Der Bus war wie ein geheimer, magischer Ort, wo man alles sagen konnte.

»Übrigens, warum hätte ich das Spiel verlieren müssen?«, wagte ich schließlich noch einmal zu fragen. Ich ahnte, dass dies der richtige Augenblick war, um Antworten zu bekommen.

»Das ist eine lange Geschichte«, sagte Kalle. »Papa kriegt Rückenschmerzen, wenn er im Zelt schlafen muss, und dann haben wir den ganzen nächsten Tag darunter zu leiden.«

Kalle sprang noch einmal aus dem Bett und spähte durch die Busfenster. Nur um sicherzugehen, dass keiner von den Räubereltern hinter der Tür stand und unser Gespräch belauschte.

»Hele schläft da draußen in ihrem Stuhl«, er grinste. »Dabei ist jetzt Sonnenaufgang. Den verpasst die glatt.«

»Aber warum müsst ihr dann jeden Abend um die Schlafplätze spielen?«, fragte ich erstaunt. »Wenn der Wilde Karlo doch immer gewinnen muss?«

Kalle kroch wieder neben mich und stöhnte vor Genuss, als er sich in die weichen Kissen legte. »Wie meinst du das? Sollen wir etwa nicht spielen? Darauf würde sich Papa niemals einlassen. Oh nein«, kicherte er, als er mein verblüfftes Gesicht sah. »Papa hat Angst, als Weichei zu gelten, wenn er da schläft, wo er eigentlich schlafen will. Wir Räuber sind wirklich ein bisschen komisch.«

Wir kicherten eine Weile zusammen.

»Überleg doch mal, vorbestimmte Schlafplätze, wie spannend und räubermäßig wäre das?!«

Kalle schlief schnell ein. Er rollte sich auf seinem Kissen zusammen, und bald hörte ich seine tiefen Atemzüge. Ich aber dachte noch ein bisschen über die Familie Räuberberg nach und dann, ohne Vorwarnung, auch über meine eigene Familie. Die Gedanken wirbelten nur so umher in meinem Kopf, bis ich aufstand und mir Folgendes notierte:

LISTE ÜBER DAS PERFEKTE VERBRECHEN
Aufgeschrieben von Vilja

1) Meine Familie hat nicht versucht, mich zurückzubekommen. Das ist peinlich und macht mich wütend.
2) Mama und Papa müssen dafür bezahlen, dass ich entführt wurde. Nur so werden sie begreifen, dass ich ihnen wirklich weggenommen wurde.
3) Die Zahlung muss aus Süßigkeiten oder Lebensmitteln bestehen, sonst bringt sie den Räuberbergs keinen Nutzen.
4) Die Zahlung muss in ausreichender Höhe erfolgen.
5) Die Zahlung muss so durchgeführt werden, dass sie die Räuberbergs nicht in Gefahr bringt.

Ich schlief die ganze Nacht wunderbar, besser als jemals zu Hause. Ich träumte farbenprächtige Träume, in denen wir Kioske überfielen und dabei altmodische Knallpistolen schwangen. Ich segelte auf einem Seeräuberschiff und konnte hoch bis in die Mastspitze klettern. Nach dem dritten Abenteuertraum erwachte ich, denn ich hatte im Schlaf die Lösung für den perfekten Überfall gefunden. Kalle schlief fest und brummte in sein Kissen. Ich aber hatte einen total genialen Plan geschmiedet. Einen Plan, bei dem meine Familie, die mich einfach so vergessen hatte, bekam, was sie verdiente.

Beim Frühstück am folgenden Morgen war die Stimmung gedämpft.

»Ich kann keine Fleischklößchen essen«, klagte der Wilde Karlo. Er sah wirklich etwas blass aus. »Da muss man den Mund so weit aufmachen, und das lässt mein Rücken nicht zu. Oh weh, oh weh, ein Morgen ohne Fleischklößchen.«

»Beim Essen stört der Rücken doch nicht«, sagte Hilda fröhlich und ließ eine neue Ladung Eier in die heiße Pfanne zischen.

»Doch, er stört«, knurrte der Wilde Karlo und sah uns böse an. »Du hast ja auch auf der weichen Seite geschlafen, wo nur Gras und Wiesenblümchen waren. Aber ich, ich musste auf den Baumwurzeln liegen.«

Seine Stimme war klagend, und jedes Mal, wenn er sich auf dem Stuhl bewegte, verzog er das Gesicht.

»Wir haben einmal die Plätze getauscht, erinnerst du dich?«, sagte Hilda leichthin und salzte die Spiegeleier. »Du selbst wolltest auf der anderen Seite schlafen.« Den letzten Satz sang sie beinahe. Der Wilde Karlo aß fast nichts und schien nun überdies wegen seines leeren Magens zu schmollen.

»Raus mit der Sprache«, knurrte er, »wer hat bestimmt, das Zelt an der Stelle aufzubauen?«

»Du«, sagte Kalle leise und sah auf sein Brot.

»Hört mal her«, sagte ich, als der Räuberbus gepackt war und wir uns auf den Weg machten. »Was würdet ihr zu einem größeren Raubzug sagen?«

»Also DU denkst dir seit Neuestem Raubzüge aus?!«, brummte Hele. Aber sie wirkte sehr interessiert. Sie tat so, als schnitte sie die *Bravo Girl* in kleine Schnipsel, achtete aber darauf, dass ihr keine Silbe entging.

»Was für einen Raubzug?«, fragte Hilda. »Wo sollen wir hinfahren? Uns gehen allmählich die Vorräte aus, also in den nächsten zwei Tagen müssen wir an Brot, Aufschnitt und all so was rankommen.«

»Na, dann hört mal zu«, sagte ich und begann es ihnen zu erklären.

Nach der Hälfte meiner Erklärung hatte der Wilde Karlo seinen schmerzenden Rücken vergessen und begonnen, begeistert zu juchzen.

Kapitel 7

in dem Vilja eine Tat mit Markenzeichen begeht

Jouni Vainisto«, hörte ich am anderen Ende.

»Hallo Papa, hier ist Vilja«, sagte ich und versuchte so zu klingen, als wäre ich echt in Not und würde mit einer Waffe bedroht. In Wirklichkeit stand ich an einem Kartentelefon bei einem Kiosk. Die Telefonkarte hatte ich mit Geld aus dem Portemonnaie gekauft, das ich im Hello-Kitty-Survival-Rucksack gefunden hatte. Papa achtete peinlich genau darauf, dass in dem Portemonnaie immer ein Zehner für Notfälle, ein Adresszettel mit Telefonnummer und mein Personalausweis lagen. Den hatte er mir besorgt, als ich auf meine erste Reiterfreizeit fuhr. Ganz die Tochter ihres Vaters, sagte er immer, wenn er mein Survival Kit sah. Ich glaube, er hatte Angst, ich könnte mich verlaufen. Aber dass er nur einen Augenblick die Möglichkeit erwogen hat, ich könnte auf der Fahrt zur Oma geraubt werden, kann ich mir nicht vorstellen. So etwas gab es in Jouni Vainistos Welt nicht.

Diesen Anruf musste ich ganz allein hinkriegen. Von den Räuberbergs hörte mir keiner dabei zu, denn sie fürchteten solche öffentlichen Orte. Sie warteten lieber im Räuberbus und hatten versprochen, mir die Daumen zu halten.

»Wenn Sie sachdienliche Hinweise bezüglich unserer Tochter haben, rufen Sie bitte die in der Zeitung angegebene Hotline an, sie ist rund um die Uhr erreichbar. Eine Belohnung gibt es nur, wenn Sie dort anrufen. Das hier ist die Privatnummer der Vainistos«, antwortete Papa genervt.

»Ja, Papa, ich weiß. Hier ist Vilja, deine entführte Tochter, erinnerst du dich?«, sagte ich genauso genervt und fügte hinzu: »Zusammenfassung des peinlichen Zwischenfalles: Wir waren unterwegs zur Oma, und ihr habt es zugelassen, dass ich geklaut wurde. Ich wurde aus dem Auto gezerrt und weggetragen, und ihr habt nichts dagegen unternommen. Und wenn dieses Gespräch nicht bald Fortschritte macht, lege ich auf, was fatale Folgen hätte. Entführte Personen haben gewisse Verpflichtungen, das weißt du ja wohl.«

»Vilja!« Papa schnappte nach Luft. »Anna, komm schnell, Vilja ist dran!«

Ich hörte, wie der andere Hörer im Flur abgehoben wurde.

»Passt genau auf, was ich euch sage. Die Schurken, die mich geraubt haben, brauchen mich noch eine Zeit lang.«

»Ach, du meine Güte«, schluchzte Mama. »Unsere Tochter muss Zwangsarbeit leisten.«

»Ich werde gut behandelt und bekomme zu essen«, sagte ich. »Die Inserate in der Zeitung müssen aufhören. Ihr werdet sagen, ihr hattet ganz vergessen, dass ich zur Kajaani-Oma gefahren bin. Ihr merkt euch ja auch sonst nie, wo ich gerade bin. Das wäre nicht das erste Mal.«

»Aber das wäre ja gelogen!«, rief Papa.

»Dass ich ›verschwunden‹ bin, ist auch gelogen«, sagte ich streng. Das war ein gutes Gefühl. »Die Leute, die mich geraubt haben, übernehmen keine Verantwortung für die Konsequenzen, wenn das Geschmiere in der Zeitung nicht aufhört. Ihr Beruf erfordert, dass sie keine Aufmerksamkeit erregen.«

»Ich verspreche es«, sagte Mama. Es klang ängstlich. »Nichts kommt mehr in die Zeitung. Wir müssen nur Vanamo zum Schweigen bringen.«

»Bestecht sie«, sagte ich grausam. »Und noch etwas: Meine Verpflegung ist keineswegs kostenlos. Es ist nicht selbstverständlich, dass ich so gut behandelt werde. Ihr müsst dafür zahlen.«

»Na also, jetzt geht es los«, sagte Papa verärgert. »Jetzt kommt die Lösegeldforderung.«

»Ganz dumm sind die nicht«, sagte ich. »Es wird keinerlei Geld übergeben. Das würde die Polizei mit Sicherheit bemerken.«

»Ach so?«, sagte Papa. Es klang erleichtert. Offenbar hatte ich ihn richtig eingeschätzt. Ausgezeichnet! Ich lachte mir ins Fäustchen.

»Jetzt kommen die Anweisungen«, sagte ich.

»Ich habe einen Stift«, sagte Mama. Sie war schon immer die Schnellere von den beiden. »Schieß los.«

»Ihr geht zu dem Videoverleih, wo wir ein Mitgliedskonto haben.«

»Wie bitte?«, fragte Papa.

»Hört zu«, sagte ich. »Da eröffnet ihr ein neues Konto auf meinen Namen. Weil ich noch minderjährig bin, erklärt ihr, dass ihr die Rechnung für alles bezahlen werdet, was über dieses Konto bestellt wird. Das müsst ihr im Lauf der nächsten Stunde machen.«

»Videoverleih?«, fragte Mama verblüfft. »Wollen deine Kidnapper Filme gucken?«

»Ja, oder ich selber«, sagte ich. »Ich hab schon ab und zu mal Pause bei meiner Zwangsarbeit.«

Durchs Telefon hörte ich den Stift kritzeln, mit dem Mama in enormem Tempo die Anweisungen aufschrieb.

»Das sagt ihr weder der Polizei noch Vanamo noch sonst jemandem«, sagte ich. »Sonst stößt mir vielleicht etwas zu. Jedenfalls geht ihr einmal die Woche zu dem Verleih und begleicht die Rechnung für die Ausgaben, die sich inzwischen auf meinem Konto angesammelt haben. Egal wie viel es ist.«

»Ob das wohl klappt?«, meinte Papa skeptisch.

»Das klappt«, sagte ich. »Du hast ja viel Einfluss, Papa, und kannst deine Beziehungen spielen lassen. Hilfe«, sagte ich, gespielt erschrocken. »Nehmen Sie die Waffe weg. Ich habe alles gemacht, was Sie verlangt haben! Mama und Papa, ihr müsst einfach gehorchen. Ich schwebe hier in Lebensgefahr.«

»Oh mein Gott«, sagte Mama entsetzt.

»Und noch etwas. Auf dem Kontoauszug kann man vielleicht sehen, in welchen Orten wir gewesen sind, aber trotzdem dürft ihr mich nicht suchen. Wenn ihr keinerlei Anstalten macht, mich zu finden, könnt ihr mich gesund und munter wiederbekommen. Wahrscheinlich gegen Ende der Sommerferien.«

»Kommst du denn auch zurecht, Schatz?«, fragte Mama.

»Ich muss ja«, sagte ich tapfer, obwohl ich mich genau in diesem Moment etwas mulmig fühlte.

»Das wäre erledigt«, sagte ich, als ich in den Räuberbus stieg. Der Wilde Karlo trocknete sich die Stirn mit einem Stofftaschentuch, groß wie ein halbes Bettlaken.

»Hast du Angst gehabt?«, fragte ich. Es sah aus, als sei er blass bis zur Nasenspitze.

»Nein, nein, mir tut nur der Rücken ein bisschen weh«, log er und gab Hilda ein Zeichen, damit sie den Bus anließ.

»Hast *du* Angst gehabt?«, fragte Hele eifrig, als wir mit Vollgas auf das Stadtzentrum zuhielten.

Ich schüttelte den Kopf.

Nun hatten wir die Innenstadt erreicht, und Hilda wirkte sehr nervös. An jeder Ampel ließ sie den Motor aufheulen und zog an den Schulterträgern ihres Tops. »Die Spiegelbrille«, sagte sie mit leiser und konzentrierter Stimme. »Karlo, gibst du mir bitte die Spiegelbrille aus dem Beifahrerfach. Und Hele, reich deinem Vater die Schirmmütze da vom Haken. Ihr anderen haltet euch von den Fenstern fern. Dieser Bus fällt einfach zu sehr auf.«

Hildas Feststellung war übertrieben. Die Kleinstadt war belebt wie an jedem ganz normalen Junitag; alle kümmerten sich um ihre eigenen Angelegenheiten, die ältern Leute trugen Einkaufstaschen mit Frühlingszwiebeln und Frühkartoffeln umher. Kinder standen an einer Eisbude Schlange. Familien mit Badetaschen radelten zum See. Eigentlich interessierte sich niemand für den schwarzen Lieferwagen, auch wenn in den Fenstern strangulierte Barbiepuppen hingen.

Ich sah in der Ferne das bekannte Leuchtschild des Videoverleihs.

»Dorthin«, wies ich mit der Hand. »Auf den Parkplatz bei diesem großen Einkaufszentrum.«

»Da sind viel zu viele Leute«, knurrte Gold-Piet. »Da kann man niemanden überfallen.«

»Jetzt überfallen wir auch keine Autos«, sagte ich stolz. »Das hier ist eine ganz neuartige Aktionsform.«

Hilda parkte den Bus so nah am Videoverleih, wie es nur ging.

»Soll ich die Maschine warmhalten?«, fragte sie begeistert. »Müssen wir danach schnell weg?«

»Nein, eigentlich nicht«, sagte ich.

Ich sah, wie ihr Gesicht vor Enttäuschung lang wurde.

»Mach den Motor ruhig aus, aber behalt die Hand am Zündschlüssel«, sagte ich. »Und sieh zu, dass niemand unnötig aufmerksam wird.«

Jetzt leuchteten Hildas Augen wieder.

»Ihr anderen, kommt mit!«, sagte ich.

»Mitkommen?«, fragte Kalle verblüfft. »Da rein?«

»Ich kann die Beute nicht alleine tragen«, sagte ich.

Als die Glocke über der Tür klingelte, erschrak Gold-Piet und tobte im Eingang umher, bis ich ihn beruhigen und in den Laden führen konnte, wo die Trägheit eines heißen Nachmittags herrschte. Wie in jedem Videoverleih waren die Regale voller DVDs. Die Kinderfilme hatten ein eigenes Regal, dann kamen Erwachsenenfilme, und in der entferntesten Ecke standen die gerade eingetroffenen Neuheiten. Abgesehen von den Filmen gab es Unmengen von Boxen mit Süßigkeiten. In zwei langen Reihen standen sie auf niedrigen Gestellen im Mittelgang. Jede Sorte lag lose in jeweils einer dieser würfelförmigen Plastikboxen mit aufklappbarem Deckel. Was man haben wollte, schaufelte man mit großen Kellen in Papiertüten, die an einem Haken am Anfang des Ganges hingen. An der Kasse wurden die Tüten dann gewogen, und man bezahlte nach Gewicht.

Die Räuberbergs brauchten eine Weile, um sich zu

beruhigen und sich umzuschauen und bemerkten erst mit einiger Verspätung die Menge an Süßwaren.

»Bananenschiffchen«, sagte der Wilde Karlo, und der Unterkiefer klappte ihm runter.

»Lakritzschnüre«, Kalle schnappte nach Luft.

»Salmiakflöhe«, hauchte Hele sanft. Das verbuchte ich als echten Erfolg.

»Oh, ich bin gestorben und in den Himmel gekommen«, sagte Gold-Piet. »Alle Bonbons der Welt mit ihren Ahnen und Urahnen sind an diesem Ort versammelt!«

»Lasst mich nur machen«, sagte ich und ging mit trippelnden Schritten zum Tresen. Dabei hoffte ich, dass ich wie ein ganz normales Mädchen aussah. Sommerlich. Ich wusste, die ganze Räuberfamilie starrte mir hinterher.

»Hallo«, sagte ich. »Ich möchte meinen Kontostand prüfen. Mein Name ist Vilja-Tuuli Vainisto, und mein Vater hat mir hier ein Kundenkonto eröffnet.«

»Häh?«, sagte der junge Mann hinter dem Tresen und schob seine Kopfhörer nach hinten. Ich sagte meinen Spruch von Neuem auf.

»Das ist so lieb von meinem Papa, dass er mir das erlaubt hat«, sagte ich mit einem glücklichen Seufzer und stellte mich viel dümmer und braver, als ich war. Dabei merkte ich, dass ich plötzlich fürchterlich aufgeregt war. Am liebsten hätte ich alle Sachen auf dem Tresen mit den Händen befingert, vielleicht hätte das die Nerven beruhigt.

»Jetzt bin ich hier im Ferienlager, aber Papa muss sich in Helsinki um die Staatsangelegenheiten kümmern. Da ist das doch furchtbar praktisch, nicht? Ich kaufe ein, und Papa zahlt. Hier ist mein Ausweis, könnten Sie mal nachsehen, ob das Konto schon eröffnet ist?«

»Solche Konten haben wir nicht«, sagte der junge Mann unfreundlich.

Das wird nichts, dachte ich und schluckte. Eiseskälte breitete sich in meinem Bauch aus. Es klappt nicht. Es klappt nie. Dann begann ich mich zu ärgern. Meine Schwester Vanamo würde jetzt bestimmt nicht aufgeben, dachte ich. Ich aber warf immer gleich das Handtuch. Aber heute würde ich nicht nachgeben, sondern meinen Willen durchsetzen, als wäre ich meine Schwester.

»Bitte ...!«, sagte ich und schürzte vanamomäßig die Lippen. Ich versuchte mir vorzustellen, dass ich ein nabelfreies Top und Hüftjeans trug. »Ich bin wirklich ganz sicher, dass Sie es finden können.«

Ich lächelte, lehnte mich an den Tresen und ließ meine Sandale am Zeh baumeln, was der junge Mann leider nicht sehen konnte. Vanamo würde auch noch großspurig ihr Haar zurückwerfen, aber das brachte ich dann doch nicht fertig. Jedenfalls reagierte der Verkäufer jetzt. Gelangweilt tippte er auf seinem Computer herum, sah sich meinen Ausweis an, und plötzlich änderte sich sein Gesichtsausdruck.

»Da ist es ja!«, sagte er. »Oha!«

»Mein Papa arbeitet beim Staat«, sagte ich und grinste wie eine siegessichere Vilja, nicht wie Vanamo. Ich drehte mich zum Rest der Mannschaft um. »Also gut, dann bedient euch!«

Hilda wollte ihren Augen nicht trauen, als wir begannen, unsere bis obenhin gefüllten Papiertüten in den Bus zu laden. Eine ganze Tüte Bananenschiffchen und Toffeelastwagen, eine perfekte Mischung. Für Hilda eine Tüte Himbeerboote. Zwei Tüten Lakritzschnüre, die eine mit normaler Lakritze, die andere mit gemischten Schnüren: rote Lakritze, gelbe Zitronenlakritze in großen Knäulen. Die Tüte mit den Salmiakflöhen wurde erst nur halb voll, aber im Hinterzimmer des Ladens lagerten noch Vorratspackungen, sodass die Plastikbox wieder aufgefüllt und unsere Tüte bis obenhin vollgestopft werden konnte.

Ich stand vor der Kasse, damit die Räuberbergs nicht so genau sahen, was dort vor sich ging. Wegen der Räuber tat ich so, als gestikulierte ich drohend. Dabei zeigte ich in Wirklichkeit auf Details auf den Filmplakaten, die hinter der Kasse hingen, und sprach freundlich mit dem Verkäufer. »Diese noch. Und diese. Und diese.«

Der arme Verkäufer. Immer wieder stellte ich den großen Korb gefüllt mit immer neuen Bonbontüten auf die Waage, in dem normalerweise die Badesachen der Räuberbergs waren, und der sich ausgezeichnet für Süßwarentüten eignete. Der Verkäufer musste einen Korb voll Süßigkeiten nach dem anderen wiegen und jede Menge Summen in seinen Kassenautomaten eingeben. Dann gab ich den Korb weiter an den, der gerade an der Reihe war, die Beute zum Bus zu tragen. Währenddessen schaufelten alle anderen noch mehr Bonbons in Tüten, und wenn der Korb zurückkam, füllten sie ihn aufs Neue. Um mich kümmerten sie sich kaum, denn die Süßigkeiten nahmen all ihre Aufmerksamkeit in Anspruch. Gold-Piet schluchzte laut auf, wenn er Sorten fand, die er erst einmal im Leben gegessen hatte. Kuh-Toffees! Laku-Lakritzen! Schmelzpilze!

Es waren bestimmt hundert Tüten. Die Papiertüten in beiden Gestellen waren nun alle; für die schaumgummiartigen Süßwaren wie Mäusespeck nahmen wir Plastiktüten. Vielleicht waren es auch hundertfünfzig. Manchmal waren der Verkäufer und ich uns nicht mehr sicher, ob wir alles gewogen hatten. Zum Schluss wedelte er nur noch erschöpft mit der Hand: Nehmt nur alles mit, es ist nicht so wichtig. Die Endsumme war dreistellig, hoffentlich mindestens zweihundert oder mehr. So viel war ich wert! Und das war erst der Anfang.

»Und dann marschiert das Mädchen einfach zur Kasse und sagt: ›Pfoten hoch, das ist ein Überfall‹«, sagte Gold-Piet, als der Bus wieder außerhalb der Stadt dahinschnurrte. »Sie hat dem Typ an der Kasse die Tüten gezeigt und jedes Mal eine schreckliche Drohung gezischt! Ganz im Stil der großen Welt. Eher leise, so im Flüsterton, wie es sein muss. Hätte man daneben gestanden, hätte man gar nichts gehört. Ein Überfall wie aus dem Lehrbuch, hört ihr!«

»Na ja, ganz so war es nicht«, sagte ich lächelnd.

Bei Gold-Piet hörte es sich an, als sei ich ein Mafia-Boss auf Besuch im Süßwarenladen: *Mein Junge, erweise mir eine kleine Gefälligkeit, capisce.*

»Wie denn dann?«, fragte Hele und stopfte sich Salmiakflöhe und saure Ratten gleichzeitig in den Mund. Ich hatte ihr das schon nachgemacht und wusste, dass die Geschmackskombination grauenerregend war. »Was hast du denn gesagt?«

»Das ist mein Geheimnis«, sagte ich. »Ich kann nur so viel verraten: Auch für die Zukunft habe ich vorgesorgt. Wenn wir die hier aufgegessen haben, können wir den Vorrat in jeder größeren Stadt auffüllen.«

»Unsere Vilja hat ein Markenzeichen!«, sagte der Wilde Karlo mit bewegter Stimme. »Sie ist erst zehn und hat eine ganz neue Gattung von Verbrechen begründet, die von nun an für immer mit ihrem Namen in Verbindung gebracht werden wird. Eine bemerkenswerte Leistung. Denk mal, Hilda, was für gute Lehrer wir sind!«

Kalle ärgerte die offensichtlich neidische Hele: »Dir fällt ja leider nichts Eigenes ein!«

»Ich habe aber schon mal ein Cabrio überfallen, indem ich mich direkt davor aus dem Baum fallen ließ!«, sagte Hele.

»Ja, das hast du«, entgegnete Hilda eisig. »Und das

machst du nie wieder. Es war reines Glück, dass die anhielten und dich nicht überfahren haben.«

»Ein Markenzeichen«, sagte der Wilde Karlo. »Vilja, wir müssten ein Fest für dich haben. Eine Torte!«

»Na, der ganze Bus ist voller Süßkram, das wird wohl für ein Fest reichen«, sagte Hele verdrießlich. Dann musste sie lachen, obwohl ihr gar nicht recht danach war, und auch wir anderen brachen in fröhliches Gelächter aus.

Kapitel 8

*in dem die Operation
»Ein Troyer für den Wilden
Karlo« durchgeführt wird*

Nach meinem großen Raubzug vertrauten sie mir viel mehr. Ich stellte fest, dass Gold-Piet nicht mehr ständig neben mir saß, um im Blick zu behalten, ob ich nicht etwa Anstalten machte, plötzlich abzuhauen. Hele stichelte nicht mehr mit kleinen Drohungen, sondern behandelte mich halbwegs menschenwürdig. Der Wilde Karlo hielt nicht mehr solche Vorträge über die Freiheit und den Lebensstil der Landstraße wie in den ersten Wochen. Offenbar fand er inzwischen, dass ich dazugehörte.

»In zwei Wochen ist das Sommerfest«, verkündete Hilda eines Abends beim Essen. »Wir sollten noch etwas Zubehör sammeln.«

»Juhuu, mehr Überfälle!«, sagte Kalle. »Jetzt will ich auch mit! Ich bin fast genauso alt wie Vilja, und die hat schon ein Markenzeichen. Das Alter ist also kein Grund. Es hat keiner gesagt, dass man zehn sein muss, um Überfälle zu machen! Und außerdem werd ich im Herbst zehn.«

Am Klapptisch herrschte, wie immer, wenn jemand versuchte, die bestehenden Regeln infrage zu stellen, unheilverkündende Stille. Doch dieses Mal merkte Kalle nicht, wie sich der Sturm zusammenbraute. Er setzte hinzu: »Außerdem wiege ich weniger als Papa. Mit den Wurfgriffen komme ich garantiert doppelt so weit wie er.«

»Was willst du damit andeuten?«, knurrte der Wilde Karlo, und das Knurren hörte sich richtig ärgerlich an. »Und du Hilda, was redest du da! Was denn bloß für Zubehör? Wir haben doch alles, was wir brauchen.«

»Na ja, um ganz ehrlich zu sein«, Hilda schaute konzentriert auf den Tisch und musste sich offensichtlich anstrengen nicht zu lachen, »bevor wir die anderen Räuberhauptleute treffen, musst du unbedingt einen neuen Pulli haben.«

»So, muss ich das?«, sagte der Wilde Karlo und zog seinen Seemannspullover über dem Bauch etwas herunter. »Dieser hier ist noch völlig in Ordnung. Lies doch die Zeitschriften auch mal, wenn wir sie schon klauen. Nabelfrei ist heutzutage Mode.«

Glaubte man dem Wilden Karlo, so war ein Leben ohne Troyer nicht möglich. Seiner Meinung nach gehörte der Troyer unbedingt zur Ausrüstung, wenn er Autos überfiel oder wenn er unter dem Bus umherkroch, um den mit Draht befestigten Stoßdämpfer zu überprüfen, oder wenn er an einem freien Tag angeln ging. Natürlich trug Karlo T-Shirts wie jeder andere Vater auch, aber immer wenn er unter die Leute ging, wenn er zum Beispiel in Bonbonläden und auf Straßen Überfälle machen wollte, zog er einen Strickpullover, den er Troyer nannte, über das T-Shirt. Der Troyer sollte dazu dienen, ihn total muskulös aussehen zu lassen, außerdem war er räubermäßig schwarz.

Der Streit zog sich so in die Länge, dass er während der gesamten Fahrt nicht endete und bei der nächsten Essenspause auf dem nächsten Campingplatz weiterging.

Dann wurde es Hilda zu bunt. Sie nahm den Wilden Karlo beim Arm, führte ihn zur Behindertentoilette des Campingplatzes und ließ den Ganzkörperspiegel dort für sich sprechen. Da war Karlo gezwungen, seine Niederlage einzugestehen. Über seiner Hose hatte sich ein gewaltiger Kugelbauch gebildet, auf dessen oberer Halbkugel der Troyer kläglich hängen blieb.

»Ich habe doch gesagt, du sollst schwimmen gehen!«, sagte Hilda. »Aber du tust es ja nicht.«

»Willst du damit sagen, dass ich ... stämmig bin?«, entgegnete der Wilde Karlo mit einer Stimme, die eine Katastrophe ankündigte. »Weib, versuchst du, mich zum *Sport treiben* zu bringen?!« Jedes Härchen auf Vater Räuberbergs Haut zitterte, so beleidigt war er. »Bin ich *dick?* Ein fetter Mops? Bin ich der Kapitän, über den alle lachen? Meinst du das?«

Hilda schluckte, während sie überlegte, was sie sagen sollte. »Aber nein«, begann sie. »Ich meinte nur ... Was meinte ich denn eigentlich?«

Zum ersten Mal, seit ich sie kannte, sah Hilda unsicher aus. Beim Fahren wusste sie immer, was sie tun musste.

»Wir sollten uns jetzt verzupfen«, wisperte Kalle mir zu. »Lass uns ganz schnell einen Vorwand finden!«

»Also«, sprang Gold-Piet hilfreich ein. »Frau Hilda meint bestimmt nur, der Pulli hätte sich vielleicht noch in Form ziehen lassen, wenn man ihn vorher in Wasser eingeweicht hätte.«

Das Gesicht des Wilden Karlo hellte sich auf. Er riss sich blitzschnell den Troyer vom Leibe. Ohne den Pulli sah er, wenn das möglich war, noch dicker aus. Eigentlich war dick nicht das richtige Wort, dachte ich dann. Er sah massiv aus. Mit so imposanten Bizepsen konnte man nicht »dick« sein. Wir hatten garantiert den massivsten Räuberhauptmann in ganz Finnland. Der Wilde Karlo goss Wasser auf seinen Pullover und warf ihn Hilda zu. »Na los, zieh ihn in Form!«, befahl der Wilde Karlo.

Fassungslos hielt Hilda das Troyerknäuel in den Händen.

»Na ja, jetzt klappt das natürlich nicht mehr«, log Gold-Piet rasch. »Jetzt haben sich die Umstände sozusagen geändert. Bedauerlich rasch und endgültig und so 'n Zeug. Das hätte man am Anfang des Sommers machen müssen. Jetzt sind die Fasern im Pulli schon erstarrt.«

»Himmel!«, sagte Hele und rollte mit den Augen, genau wie ich das von Vanamo kannte.

»Wie schön, dass du dich mit Strickwaren so gut auskennst, Piet«, säuselte Hilda ein bisschen boshaft. »Du kannst die Sache bestimmt in Ordnung bringen.«

Sie drückte das nasse Bündel Gold-Piet in die Hand, der vor Entsetzen bleich wurde.

»Hey, sorry«, sagte Hele, während sie eine gestern geraubte Barbiepuppe zum Punk stylte, indem sie ihr mit schwarzem Nagellack die Augen schminkte, »aber warum beschafft ihr nicht einfach einen neuen?«

»Hiermit eröffne ich die Planungsbesprechung für die Operation *Ein Troyer für den Wilden Karlo*«, sagte der Wilde Karlo feierlich und nahm sich ein Knäckebrot, von dem er die Hälfte abbiss.

»Himmel«, sagte Hele. »Warum fahren wir nicht einfach los, halten ein paar Autos an, durchsuchen sie von oben bis unten und beschaffen den Pulli?«

»Yeah, wir schwingen die Messer und sagen: ›Her mit dem Pulli!‹«, sagte Kalle mit Grabesstimme, was Hele zum Kichern brachte. »Na, wie denn dann?«, sagte Kalle. »Mein Herr, würden Sie bitte Ihre Oberbekleidung ablegen?«

»Wir brauchen alles, was Sie am Leibe tragen, mein Herr«, spann Hele weiter und geriet sichtlich in Begeisterung. »Vielen Dank für Ihren Besuch, bitte beehren Sie uns bald wieder, any time!«

»Ihr kapiert das nicht, Kinder«, sagte der Wilde Karlo gekränkt. »Ein Troyer ist von enormer Bedeutung! Beim Sommerfest, beim lebensgefährlichen und für die Ehre entscheidenden Sommerfest, ist er abso-LUT wichtig. Er ist gewissermaßen eine Frage der Glaubwürdigkeit. Erinnert euch, Merkmal Nummer zwei der Räuberei: das Aussehen!«

Er sah mich an und wedelte mit der Hand. Erst wusste ich nicht, was er meinte, dann begriff ich, blätterte rasch in meinem Heft und las vor:

2) Aussehen
Die Glaubwürdigkeit eines Räubers hängt stark von seinem Aussehen ab. Ein Staatspräsident muss wie ein Staatspräsident aussehen, ein Räuber wie ein Räuber. Beim Auszuraubenden darf keinerlei Zweifel aufkommen, ob es sich um eine Maskerade oder einen echten Überfall handelt. Angst macht ihn zusammenarbeitswillig, was den Verlauf des Überfalls beschleunigt. Dadurch sinkt die Gefahr, geschnappt zu werden.

»Da hört ihr's«, sagte der Wilde Karlo und schluckte den Rest seines Brotes. »Als Räuberhauptmann kann man keine x-beliebige Kleidung tragen. Ein anständiger Räuberhauptmann sieht schreckenerregend aus. Schre-cken-er-re-gend!«

Der Wilde Karlo wiederholte das Wort noch ein paarmal, drehte und wendete es genüsslich auf der Zunge und kostete es aus, während er mit ausgebreiteten Armen nebenher durch die Luft ruderte.

»Noch ein Beispiel. Schaut mal her«, sagte er und schlug die *National Geographic* auf, die wir vor Kurzem geraubt hatten. »So sieht ein Seekapitän aus, der alle Weltmeere befahren hat. Seekapitäne gibt es auch nur ganz wenige, genauso wenige wie Räuberhauptleute. Deshalb ist es wichtig, sich so zu kleiden, dass der Beruf sofort zu erkennen ist. Die Räuberhauptleute sind vom Aussterben bedroht, genau wie die Regenwälder und die Schneeleoparden.«

Der Vortrag des Wilden Karlo dauerte so lange, dass Hele und Kalle, die bei ihren eigenen Troyer-Räuberei-Ideen begeistert aufgesprungen waren, sich inzwischen wieder auf ihre Klappstühle gesetzt hatten. Ich machte mir Notizen.

»Wie muss so ein Pulli ..., ich meine, ein Troyer, eigentlich sein?«, fragte ich.

»Gute Frage! Sehr gute Frage!« Der Wilde Karlo geriet in Eifer und begann, auf und ab zu marschieren, als halte er eine Vorlesung. Aber das Traben brachte leider keine Gedanken hervor. Wieder und wieder murmelte er die Frage vor sich hin und versuchte, sein Gehirn, das sich offenbar total verweigerte, zum Nachdenken zu bringen. Vor Verzweiflung bekam er eine schrille und melodiöse Stimme. Er ging weiter auf und ab, schwang im Gehen die Zöpfe und hörte sich an wie ein Tenor, der sich einsingt: »Wie muss der sein, wi-mu-di-du, wiemussdersein ...«

Alle dachten angestrengt nach. Hilda strich sich eine Locke hinters Ohr. Gold-Piet fingerte am Ärmel seines eigenen Pullis und bewegte lautlos die Lippen. Dann ging Hele ein Licht auf, und sie versuchte, sich per Handzeichen zu Wort zu melden. Der Wilde Karlo sah es und wandte ihr den Rücken zu. Er wollte die Frage selbst beantworten.

»Wie muss der sein!«, stellte er schließlich fest, blieb stehen und drehte sich triumphierend zu mir um. »Schreib auf.«

Hele meldete sich immer noch und schnipste mit den Fingern, aber der Wilde Karlo stellte sich zwischen Hele und mich.

»So muss er sein: schwarz. Mit langen Ärmeln. Nicht zu warm.«

»Ist das alles?«, entfuhr es mir.

Alle Augen schossen Blicke in meine Richtung wie tausend geschärfte Messer.

»Also, ich meine: eine gute Liste!«, sagte ich schnell. »Gute Eigenschaften ... besonders ... die Ärmel. Ja, die Ärmel sind gut. Aber warum schwarz?«

Mehr zurechtweisende Blicke. Hilda schüttelte den Kopf, um ihre tiefe Verzweiflung zu zeigen.

»Ich frage nur, weil gerade Schwarz ja oft, also ... ziemlich warm ist.«

Als ich das gesagt hatte, war ich so nervös, dass ich beinahe ohnmächtig geworden wäre.

»Das stimmt!«, sagte der Wilde Karlo. »Meine Güte, Hilda, wie schlau das Mädchen ist!«

Plötzlich packte er mich – mir blieb fast das Herz stehen vor Angst –, hob mich hoch in die Luft und schwang mich dort oben umher wie die Fahne der eigenen Mannschaft bei einem Fußballspiel. »Dieses Kind hier ist das Beste, was uns seit Langem passiert ist.«

Übertrieben vorsichtig stellte er mich wieder auf den Boden. »Warum du angeblich in die Schule gehen musst, werde ich nie verstehen. Was wollen die jemandem wie dir denn da noch beibringen!«

Kalle machte ein jämmerliches Gesicht. Es sah nicht danach aus, als würde sein Traum von der Schule bald in Erfüllung gehen. Hele dagegen triumphierte. Die Worte des Wilden Karlo versprachen ihr weitere Jahre der Freiheit auf der Straße. Ich meinerseits dachte darüber nach, ob ich je wieder nach Hause kommen würde. Würde der Räubervater mich jemals gehen lassen?

»Warum schwarz, fragt dieses kleine, kluge, strahlende Wesen hier, mich, den fürchterlichsten und bekanntermaßen einzigen echten Autoräuberhauptmann im ganzen Land«, sagte der Wilde Karlo mit zuckersüßer Stimme und griff mir ins Gesicht. Mit seinen riesigen Händen schob er meine Wangen nach vorn, bis ich einen Kussmund hatte wie ein Karpfen.

»Darum schwarz, mein liebes Kind, weil Schwarz schlank macht. So einfach ist das. Schwarz hat Stil, und mit Schwarz, gerade mit Schwarz erzielt man den notwendigen Eindruck. Schre-cken-er-re-gend.« Er ließ meine Wangen los und nahm abwechselnd einige betont schreckenerregende Räuberhauptmannsposen ein.

»Tja, warum nicht!«, sagte Gold-Piet zum Abschluss der Besprechung. »Scheint so, als hätten wir eine Operation im Gange. Lasst uns den Troyer abgreifen.«

Das war keine große Sache, hätte man meinen können. Aber selbst nach zwei Tagen hartnäckigster Versuche war die Operation *Ein Troyer für den Wilden Karlo* noch nicht abgeschlossen. Autos zu überfallen war nicht das Problem. Das konnten wir im Schlaf: Flagge hoch, Griffe raus, den Bus quer davor und die Männer in die Luft. Das Problem bestand darin, zu wissen, wen zu überfallen sich lohnte. Beim Rauben von Esswaren brauchte man nicht so wählerisch zu sein. Zweimal war die Beute ein ganzer Kofferraum voll mit frischem Rhabarber, Frühkartoffeln, eingelegten Heringen und Erdbeerkörbchen. Wir lebten so gesund wie nie zuvor.

Nach dem zweiten Tag und dem sechsten gelungenen Überfall hatten wir kaum noch Hoffnung. Nach jedem Überfall mussten wir mit Vollgas an einen neuen Ort rasen, damit der Verkehrsfunk oder die örtliche Polizei uns nicht auf die Spur kamen. Der Bus war schon grau vom Staub der Landstraßen, das Essen schmeckte nicht mehr richtig, und wieder hatte man einen halben Tag an den Wurfgriffen gehangen, ohne Ergebnis.

»Könnten wir uns nicht etwas anderes ausdenken? Lasst uns ein ganzes Bekleidungsgeschäft ausrauben, dann wird schon ein Troyer dabei sein«, sagte ich.

»Was?« Hilda schien verblüfft von dem Gedanken, dass man Kleidung auch bekommen konnte, ohne sie Menschen vom Leib zu reißen.

»Ungefähr so wie die Süßigkeiten«, sagte ich.

»Klingt kompliziert«, sagte Hilda vorsichtig. »Und sehr komplizierte Sachen gefallen Karlo nicht.«

»Es hat keinen Zweck«, sagte Hele und setzte sich die Badekappe auf. Wir hatten im Atlas einen kleinen, abgelegenen See gefunden, wo wir unsere überhitzten Sinne abkühlen konnten. »Das Wetter ist gegen uns. Bei dieser Hitze nimmt doch niemand Wollpullover mit. Jedenfalls keine schwarzen mit langen Ärmeln. Also echt, das ist ab-so-LUT nicht richtig durchdacht!«

»Wer hat denn gesagt, es würde leicht sein?«, sagte der Wilde Karlo, während er in seiner selbstgebastelten Unter-Badehose aus dem Bus stieg. »Wir brauchen Herausforderungen.«

Behäbig setzte er seinen massigen Körper in Bewegung und begann gleichzeitig, gewaltig zu brüllen, wie um sich selbst Mut zu machen. Brüllend rannte er den ganzen Weg ins Wasser. Weiter draußen im See erlitten zwei ältere Hechte vor Schreck einen Herzanfall und ploppten tot an die Oberfläche.

»Ziemlich furchterregend«, lachte ich Kalle zu.

Es rührte mich, dass der Wilde Karlo nach Hildas Andeutungen tatsächlich angefangen hatte zu schwimmen – in jeder Badepause. Mehr als einmal hatte ich ihn dabei ertappt, wie er das Bild von Kapitän Cousteau in der *National Geographic* betrachtete. Er sah sich das Bild lange an, nahm dieselbe Körperhaltung ein, sackte wieder in sich zusammen und ging kurz darauf zum Bus, um sich die Badehose anzuziehen.

»Du solltest ihn mal sehen, wenn er den ganzen Weg vom Bus bis zum Ende eines Badestegs rennt und dann eine Arschbombe ins Wasser macht!« Kalle grinste.

Ich sah zu, wie der Wilde Karlo, den mächtigen Bauch in die Luft gereckt, eine Weile Toter Mann spielte, schließlich genug hatte, sich aufrichtete und in Richtung Ufer watete. Auf halber Strecke hockte er sich hin und ging in der Hocke weiter, nur die Augen über Wasser wie ein Krokodil. Für einen so kräftigen Mann bewegte er sich überraschend flink. Als er sich schließlich im seichten Uferwasser brüllend aufrichtete, tat Kalle ihm den Gefallen, aus Sympathie ein bisschen ängstlich zu kreischen.

»Die Disziplin lässt nach. Das Volk rebelliert. Glaubt nicht, dass ich das nicht merke!«, sagte der Wilde Karlo hinterlistig, mit täuschend sanfter Stimme. »Aber wir geben nicht auf! Hier geht es um grundlegende Dinge. Um Hoffnung!«, predigte er, während er sich das Wasser aus dem Ohr wischte. Seine nassen Haare klebten ihm am Kopf, die Zöpfe trieften. Diese neue Frisur ließ ihn, wenn das überhaupt möglich war, noch seltsamer aussehen. »Das ist ein ... repräsentatives Kleidungsstück. Früher oder später wird es wie von selbst zum Räuberhauptmann kommen! Der Dingsda hat seinen Heiligen Gram ja auch wer weiß wie lange gesucht.«

»Ach ja, wer noch mal?«, fragte ich und schrieb mit Schönschrift in mein Notizbuch: *Heiliger Gral.*

»Na der, wie heißt der denn nun«, sagte der Wilde Karlo und hüpfte mit schräg gelegtem Kopf auf und ab, weil er immer noch Wasser im Ohr hatte. »Dieser ganz berühmte Räuberhauptmann.«

»Artus?«, fragte ich sanft.

»Artus!« Karlo lächelte. »Genau der! Den kennen wir doch alle!«

»Dann treffen wir ihn bestimmt beim Sommerfest«, sagte Gold-Piet und grinste mit seinen Goldzähnen. »Da sind ja alle aus der Branche.«

Endlich, nach zwei Wochen Warterei, kam zum Glück Bewegung in die Sache. »Ein HaRei-Kombi, blau, sieht vielversprechend aus, Tempo achtzig«, sprach Hele ins Funkgerät. Wir saßen total cool in der Astgabel einer Birke, aber Hele war wie immer noch cooler als ich. Sie hielt sich nur mit den Beinen fest, während sie in der einen Hand das Fernglas und in der anderen das Walkie-Talkie hielt. Das Gerät begann zu prasseln, offenbar kam aus dem Bus eine Frage.

»Fährt alleine. Trägt die richtige Größe.«

Wieder ein Prasseln.

»Birke – over«, sagte Hele. »Jepp.« Sie hängte sich das Fernglas um, steckte das Funkgerät in die Potasche und schwang sich leicht und elegant hinunter. Unten wartete Hele ungeduldig auf mich. Wir hatten nur sehr wenig Zeit, um uns in Stellung zu bringen, bevor der

Kombi herankam. Geringschätzig betrachtete sie meine Abstiegsversuche, zog das Walkie-Talkie aus der Tasche und sagte: »Stau in der Birke, die Touristin hängt noch fest, Moment!«

»Was ist denn bloß ein HaRei?«, fragte ich, an den Birkenstamm geklammert, dass meine Fingerknöchel weiß waren. Hinaufzuklettern war viel leichter gewesen. Schließlich gelang es mir, am Stamm runterzurutschen, aber ich musste die ganze Zeit die Augen geschlossen halten. »Ist das eine Automarke?«

»Ein *Halb-Reicher*«, sagte Hele, als wir auf die Nebenstraße und das dort näher kommende Auto zu rannten. »Der meint, er ist nichts Besonderes, aber er investiert viel in seinen Komfort, also Auto, Essen, Kleidung. Das passt uns gut. Hervorragende Überfallopfer, die HaReis.«

»Waren wir auch HaReis?«, keuchte ich.

»Nein, absolut nicht«, antwortete Hele, kein bisschen außer Atem. »Dein Papa ist ein GaRei-HF von der schlimmsten Sorte. Eigentlich erstaunlich, dass wir euch angehalten haben. Wir müssen uns wohl gelangweilt haben oder so was.«

Ich war völlig damit ausgelastet, mit Heles leichten und langen Schritten mitzuhalten. Trotz des vielen Schwimmens neuerdings hatte ich keine Kondition. Statt einer Frage kriegte ich nur ein Krächzen und ein paar Japser raus.

»Ach so, dein Papa?«, erbarmte Hele sich schließlich. »GaRei-HFs auszurauben lohnt sich nicht. *Ganz reich, Hoffnungsloser Fall.* Die haben fast nichts dabei, was uns nützen könnte.«

Sie lachte ihr Hele-Lachen, was sich anfühlte, als bohrte der Zahnarzt ohne Betäubung.

»Und was seid ihr dann selber? Besser als alle anderen, oder wie?«, brauste ich auf und blieb mitten auf der Straße stehen. Ich wusste, dass der Kombi jeden Moment an uns vorbeisausen würde.

Dass sie meinen Vater als hoffnungslosen Fall bezeichnete, ging mir dann doch gegen die Ehre. Er war zwar kleinlich. Und wichtigtuerisch. Und völlig verliebt in sein blödes Auto.

»Wir selber?«, lachte Hele auf. »Wir sind Vollblut-Landstraßenräuber!«

Dann senkte sie den Kopf und lief brüllend auf das Auto zu, das an uns vorbeisauste und dann eine Vollbremsung machte, weil nach der Kurve der Räuberbus quer auf der Straße stand. Sie rannte, und auch ich setzte mich wieder in Bewegung und ließ ein gewaltiges Gebrüll ertönen, das die Vögel auf beiden Seiten der Straße so erschreckte, dass sie sich in Scharen in die Lüfte erhoben.

Kapitel 9

in dem wir eine beeindruckende Verwandte kennenlernen

„Es ist Zeit«, sagte Hilda beim Blick auf die Karte, als wir uns nach dem Frühstück um die besten Sitzplätze im Räuberbus drängelten. Das Frühstück war ausnehmend festlich gewesen, denn in dem Kombi, den wir am Tag zuvor angehalten hatten, fand sich neben einem Troyer in der richtigen Größe auch eine Kühlbox voller Fertigpfannkuchen. Zum Frühstück hatte es also Pfannkuchen mit Marmelade gegeben. Der Wilde Karlo hatte erst Knäckebrot, Pfannkuchen und Schinkenspeck und zum Nachtisch noch einmal Pfannkuchen gegessen. Auch alle anderen hatten mehr gegessen, als genau genommen in die Bäuche passte. Selbst Kalle hatte sich Nachschlag geben lassen, obwohl er sich schon stöhnend den Magen hielt. Im Bus herrschte verständlicherweise eine glücklich-schläfrige Stimmung.

Die letzten Tage hatten wir begonnen, in Richtung Norden zu reisen. In Richtung Sommerfest, für das der Wilde Karlo nun einen Troyer in der richtigen Größe auf einem Bügel hängen hatte. Dass er ihn vor dem Fest trug, ließ Hilda nicht zu, damit kein Senf drauf kam. Ich hatte schon bemerkt, dass in dieser Reisegesellschaft niemand seine Kleidung wusch. Wenn die Sachen vor Dreck starrten, stopfte man sie einfach in eine Plastiktüte und vergaß sie. Wenn wir von meinem Vater gesponserte Bonbons tankten, standen wir manchmal auf Parkplätzen, wo eine Wäscherei neben dem Videoverleih lag, aber niemand kam auf den Gedanken, seine Kleidung dort hinzubringen.

»Ist es wirklich Zeit?«, fragte der Wilde Karlo ernst. »Der ganze Juni ist ja wie im Flug vergangen. So ist das, wenn man Spaß hat! Oder hast du keinen Spaß gehabt, Vilja?«

»Doch«, antwortete ich höflich. Dann sagte ich: »Irre viel Spaß!« Und ich meinte wirklich jedes Wort. Irre viel mehr Spaß als je in meinem bisherigen Leben. Ich hatte gar nicht gewusst, dass man überhaupt so irre viel Spaß haben konnte.

»Müssen wir da übernachten?«, fragte Hele, die gerade einer neuen Barbiepuppe einen Irokesenkamm toupierte. Das Mädchen, dem die Puppe gehört hatte, war vor Entsetzen starr und stumm gewesen. Sie war das erste Überfallopfer, an das ich hinterher immer wieder denken musste. Ich hatte versucht, am Abend im Zelt mit Hele darüber zu sprechen, aber sie hatte kein Mitleid.

»Je früher die Kleine es kapiert, desto besser: Wenn man aussieht wie Barbie und so große blaue Augen und gar keinen eigenen Willen hat, wird man garantiert geklaut. Eine aufrechte Haltung muss jeder erlernen. Dann doch lieber früher als später. Ich hab der Kleinen einen Gefallen getan.«

War ich etwa so gewesen?, hatte ich mich gefragt, als ich in meinen Schlafsack kroch. Große Augen und gar kein eigener Wille? Damals, ganz am Anfang?

»Hey Hilda, wirklich, lass uns nicht da übernachten«, fuhr Hele fort und sprühte der Puppe ordentlich Haarlack ins Haar. »Der Boss sitzt nur den ganzen Abend da und redet von alten Zeiten, und wir müssen uns das anhören«, sagte sie. »Sorry, aber irgendjemand muss hier mal Klartext reden. Sonst ist das jedes Jahr dasselbe. Jahr für Jahr für Jahr.«

Ich bewunderte Heles Mut, bemerkte dann erstaunt, dass der Wilde Karlo, weil sie ihn Boss genannt hatte, nicht offen wütend wurde. Manchmal war ein so kleines Wort von entscheidender Bedeutung.

»Wo fahren wir denn hin?«, flüsterte ich Kalle zu.

»Auf Kaijas Veranda«, flüsterte er zurück. »Die liegt geradezu perfekt auf unserem Weg.«

»Unser Stammplatz«, nickte Gold-Piet. »Kaija kocht warmes Essen.« Er massierte sich den mit Pfannkuchen gut gefüllten Bauch und schien schon wieder in Essensträumen zu versinken.

Langsam gewöhnte ich mich daran, keine Antworten zu bekommen.

Während der Fahrt konnte ich nur daran denken, dass wir nach diesem Stopp zum Räubersommerfest unterwegs sein würden. Der Gedanke machte mich sehr, sehr neugierig und irgendwie wehmütig.

Das Räubersommerfest.

Am ersten Tag meines Raubes hatte ich mir selbst ein Versprechen gegeben, das damit zusammenhing. Im Trubel des Sommerfestes wollte ich entfliehen.

Wir hielten auf einer Birkenallee, die zu einem Ufer führte. Der See war flach und länglich, es schwammen Enten darauf. Die Hitze legte sich schwer auf mich, als ich aus dem Bus stieg und mitten auf dem Vorplatz eines Häuschens stand. An der Fahnenstange flatterte der Wimpel des Hauseigentümers. Auf der Vorderseite hatte das Häuschen eine große Veranda, und aus einem der Korbstühle dort erhob sich jetzt eine Frau. Erst winkte sie. Ein Raubüberfall war also offensichtlich nicht zu erwarten. Dann kam die Frau auf uns zugerannt. Unterwegs verlor sie eine ihrer Sandalen, wurde aber nicht langsamer. Sie stürmte geradewegs auf den Wilden Karlo zu, der die Arme ausbreitete. Und dann, einfach so, sprang sie mit solcher Wucht in seine Umarmung hinein, dass es den Räubervater umriss und er wie ein Käfer auf dem Rücken im Gras lag.

»Du alter Dickwanst«, schrie die Frau, die quer über ihm lag und immer wieder auf seinen Bauch haute. »Du feister Schmerbauch, du!«

»Du Schlängelwurm!«, schrie der Wilde Karlo genauso schrill. »Deine Beine sind so dünn wie Essstäbchen!«

»Und deine dick wie Wassertürme«, sagte die Frau und fing an, unter Ächzen und Stöhnen mit dem Wilden Karlo zu ringen. Kurze Zeit sah es aus, als zöge er dabei den Kürzeren, aber dann wurde mir klar, dass er nur so tat. Hilda lud Sachen aus dem Bus aus und schien gar nicht zu bemerken, in was für einer Zwangslage ihr Mann steckte. Offenbar fand dieser Ringkampf jedes Jahr statt und gab keinen Anlass zur Besorgnis.

»So, jetzt aber zu Tisch!«, rief die Frau irgendwann und keuchte. »Die Suppe ist warm.«

Sie sprang gewandt auf die Füße, strich sich eine widerspenstige Strähne aus der Stirn und reichte dem Wilden Karlo, der am Boden lag und nach Luft schnappte, die Hand.

»Wie machst du das nur immer?«, fragte Hilda friedlich. »Gib zu, du hast irgendwelche Spione da draußen!«

»Die Rostlaube da hört man schon bis hierher rappeln, wenn ihr drei Kilometer weiter von der Hauptstraße abbiegt«, sagte die Frau. »Ich habe schließlich Ohren am Kopf. Dann kriege ich gerade noch das Kapitel fertig und die Suppe auf den Herd, bevor ihr vor dem Haus ankommt.«

Auf der Veranda wandte sie sich an mich. »Ach, ihr

habt einen Sommergast. Ich bin Kaija«, sagte sie und drückte mir die Hand, wie eine Schrottpresse einen Kleinwagen drückt. »Die große Schwester von dem Schmerbauch da.«

Der Wilde Karlo strich sich über die zerzausten Zöpfe und sah gleichzeitig peinlich berührt und sehr geschmeichelt aus.

»Rein mit euch«, sagte Kaija Räuberberg mit rauer Stimme. »Ich hole unterdessen eure mumifizierte Schmutzwäsche aus den Verstecken. Komm Piet, hilf mir, wir bringen sie ins Badezimmer. Wage nicht zu widersprechen. Ihr anderen – sofort an den Esstisch. Es gibt Bohnensuppe, da habt ihr für die ganze Woche Pep in den Knochen.«

Kalle machte ein Pupsgeräusch und verdrehte die Augen. Hele lachte auf.

»Und du, junger Herr Räuber, glaub bloß nicht, dass man mit über dreißig nichts mehr hört«, sagte Kaija, drehte sich wie ein geölter Blitz um und schnappte Kalle am Ohr.

»Hey, das war nur ein schlechter Witz«, sagte Kalle schnell, und Kaija ließ ihn los.

Auch Hele war blass geworden, sagte »sorry« und blieb ein wenig zurück, offensichtlich, um auf mich zu warten. »Pass bloß auf, dass du ihr nichts erzählst«, sagte Hele. »Sie wird es gnadenlos gegen dich verwenden.«

»Herta Sonne«, flüsterte Kalle.

»Was ist mit der?«, fragte ich.

Vanamo war verrückt nach den Romanen von Herta Sonne, die es als Taschenbücher an jedem Kiosk zu kaufen gab. Darin ging es immer um einen romantischen und überirdisch attraktiven Mann, der die Erwählte seines Herzens niemals fand, auch wenn er immer wieder Hoffnung erweckende Hinweise auf ihre Existenz bekam.

»Kaija IST Herta Sonne«, sagte Hele. »Sie publiziert alles und jedes, was man ihr erzählt, als Buch.«

»Und jetzt, nachdem ihr das Mädchen erfolgreich zu Tode erschreckt habt, kommt ihr zum Essen!«, sagte Kaija. Sie stand gar nicht mehr mit Gold-Piet beim Bus, sondern war, obwohl sie gewaltige Wäschesäcke trug, auf unerklärliche Weise lautlos hinter uns aufgetaucht. Und hatte alles gehört.

»Wir haben uns doch nur ein bisschen unterhalten«, sagte Hele verzweifelt.

»Jetzt lüg nicht!« Kaija gab ihr einen Klaps. »Räuberfräulein, benimm dich, sonst hänge ich dich mit dem Ohr an den Kleiderhaken. Und vom vorigen Jahr weißt du, dass ich immer halte, was ich verspreche«, sagte Kaija Räuberberg. Sie trällerte ihre Drohung beinahe.

Ich hatte eine Frau kennengelernt, die noch wilder war als die gesamte Familie Räuberberg zusammen.

Kapitel 10

in dem die Regeln fürs Schokowürfeln und die Geschichte von Papa Räuberberg enthüllt werden

»Also ...«, fragte ich Kaija, als die Bohnensuppenteller endlich weggeräumt waren. Ich hatte während der ganzen Mahlzeit in Gedanken meine Frage formuliert, aber ich hatte beschlossen zu warten, bis alle gegessen hatten. Und jetzt, als der Wilde Karlo mit seinem vierten Nachschlag fertig war, fragte ich: »Waren Sie auch einmal Landstraßenräuberin? Vor Ihrer Schriftstellerlaufbahn?«

Ich heulte auf, weil Hele und Kalle mir gleichzeitig gegen das Schienbein traten.

»Landstraßenräuberin!« Kaija begann schallend zu lachen. Wenn sie lachte, sah sie dem Wilden Karlo sehr ähnlich, sie schlug sich sogar auf die gleiche Art und

Weise dabei auf die Schenkel. »Ob ich mal Landstraßenräuberin war?«

»Ja, oder Kioskräuberin oder Ferienhausräuberin oder irgendeine andere Art Räuberin. Ich bin erst so kurze Zeit dabei, dass ich noch gar nicht weiß, was es überhaupt so für Arten von Räubern geben kann.«

»Nein«, sagte Kaija und trocknete sich mit einem blütenweißen Stofftaschentuch die Lachtränen. »Ich wüsste noch nicht mal von irgendwelchen Versuchen aus meiner Jugend zu erzählen. Man kann mit einiger Sicherheit sagen, dass ich überhaupt nicht raube. Hier in meinem Häuschen habe ich alles, was ich brauche, und sogar ein bisschen mehr als das.«

Obwohl ich versuchte, ihn daran zu hindern, erzählte der Wilde Karlo seiner Schwester zwei Geschichten über mich. Die eine handelte davon, wie ich geraubt wurde, und die andere, wie ich mein Markenzeichen ausgearbeitet hatte, dank dessen wir ihr als Mitbringsel eine ganze Tüte harte Toffees, ihre Lieblingsbonbons, mitgebracht hatten. Es fühlte sich gut an, wenn der Wilde Karlo mich lobte. Als er, vom Strom seiner Erzählung mitgerissen, mit viel Gefühl meine entsetzten Eltern imitierte, schaute Kaija mich an. Sie hatte klare Augen wie ein Papagei. Ich war nicht sicher, warum sie mich so ansah.

»Wie läuft es denn mit deinem neuesten Buch?«, fragte Hilda höflich, als wir begannen, den Tellerberg abzuwaschen. »Hoffentlich sind wir nicht unpassend gekommen?«

»Ach, weißt du«, seufzte Kaija. »Ich sitze genauso fest wie immer. Joni von Hiidendorf hat auf dem Rathausmarkt wieder eine heimtückische Rothaarige getroffen.«

Sie drehte sich vertraulich zu mir: »Joni verfällt immer den Rothaarigen, obwohl das niemals gut ausgeht mit denen. Ich glaube, dieses Mal ist sie noch boshafter als sonst. Joni verliert sogar den Besitz, den er im vorigen Band, ›Tränen nach der Vesper‹, von einem entfernten Verwandten geerbt hatte.«

»Oh, wie schrecklich«, sagte Hilda.

»Aha, Sie rauben also in Ihren Büchern!«, sagte ich erfreut.

Kaija begann sich wieder auf die Schenkel zu klopfen. »Stimmt!«, lachte sie laut. »Karli, du hast ganz recht! Das Mädchen ist bleich wie Papier, aber mit scharfen Kanten, daran kann man sich ordentlich in den Finger schneiden!«

Nach dem Abendessen brachte Kaija uns bei, wie man Schokoladenwürfeln spielt. Das war das beste Spiel, das ich je gespielt hatte, und ich schrieb die Regeln sorgfältig in mein Heft.

SCHOKOLADENWÜRFELN
Aufgeschrieben von Vilja

Spielmaterial: Ein Würfel, eine Tafel Schokolade (nicht kühlschrankkalt, sondern in Zimmertemperatur) und so viele Gabeln wie Mitspieler.

Spielvorbereitungen: Die Schokoladentafel wird ausgepackt und auf ihrem Einwickelpapier bereitgelegt; jeder Spieler erhält eine Gabel.

Spielverlauf: Es wird der Reihe nach gewürfelt. Der jüngste Spieler beginnt.

Wer eine Sechs würfelt, nimmt die Gabel in die schwächere Hand (also nicht die, mit der er normalerweise isst oder schreibt) und versucht, damit Stückchen von der Schokolade abzubrechen. Die Stückchen, die er mit der Gabel von der Tafel abtrennen und zum Mund führen kann, darf er aufessen. Man darf nicht mit den Händen nachhelfen. Die stärkere Hand muss man hinter dem Rücken halten. (Falls ein Spieler nicht schreiben kann oder erst seit Kurzem eine Gabel benutzt, können Sonderregeln für ihn vereinbart werden.)

Die wichtigste Regel: Der Schokoladenesser muss die anderen ärgern, indem er vor Genuss stöhnt und ständig beteuert, wie lecker die Schokolade ist.

Die zweitwichtigste Regel: Während der Spieler, der eine Sechs gewürfelt hat, seine Schokolade genießt, würfeln die anderen wie verrückt, um eine Sechs zu bekommen. Wenn eine Sechs fällt, muss der erste Esser SOFORT, unmittelbar aufhören, denn das Recht, Schokolade zu essen, geht jetzt auf den Spieler über, der die nächste Sechs bekommen hat. Dieser muss nun vor Genuss stöhnen und beteuern, wie herrlich es ist, die Stückchen zu essen, die der vorige Spieler bereits abgetrennt hatte.

Das Spiel wird so lange gespielt, bis die Schokolade alle ist oder bis man es satthat.
Notiz über die Menge an Schokolade:
Beim ersten Spiel brauchten wir drei Tafeln, bis wir es satthatten. Eine Tafel Vollmilch, eine Tafel Zartbitter und eine Tafel mit ganzen Nüssen, die besonders sättigend und – wegen der runden Haselnüsse – äußerst schwer aufzugabeln war.

»Karli, bleibt ihr über Nacht?«, fragte Kaija, als wir alle, vollgestopft mit Schokolade, zu Boden gesunken waren.

Hele versuchte den Kopf zu heben, um ihre Eltern davon abzubringen, aber sie hatte am allermeisten Schokolade im Bauch. Wie in allen anderen Dingen war sie auch im Spiel unbesiegbar. Hele hatte ein fantastisches Händchen für den Würfel.

»Na klar bleiben wir, Schwesterchen«, sagte der Wilde Karlo. »Ein tolles Spiel, das Schokoladenwürfeln. Genauso räubermäßig unfair wie Kniffel. Viele glauben, das ist ein Glücksspiel, aber in Wirklichkeit ist es ein Geschicklichkeitsspiel. Im Bus gibt es da immer wieder Diskussionen, weil ich jedes Mal gewinne. Aber man kann doch nichts dafür, wenn man etwas einfach unbezwingbar gut kann, oder?«

Kalle knuffte mich in die Seite. Ganz offensichtlich war dem Wilden Karlo nicht so bewusst, dass wir anderen uns stets bemühten, haushoch gegen ihn zu verlieren. Nach dem Spiel sagte Kaija, im oberen Stockwerk seien die Betten schon gemacht. »Hele, Piet und Kalle, ihr könnt auf den Dachboden gehen, Karlo und Hilda bekommen mein Zimmer.«

»Und du?«, fragte Kalle erstaunt.

»Ich schlafe hier auf dem ausziehbaren Sofa, zusammen mit Vilja«, sagte Kaija und zwinkerte mir zu.

»Wir können dir doch nicht dein Bett wegnehmen«, sagte Hilda.

»So ein Quatsch. Ihr bekommt ja nur ein, zwei Mal im Jahr ein ordentliches Bett zum Schlafen«, sagte Kaija. »Keine Widerrede und kein Mitleid. Von wegen ›Ach die alte Tante, ist so schlecht zu Fuß und wohnt ganz allein hier draußen im Wald. Ob sie wohl nicht mehr ganz klar im Oberstübchen ist, sie lacht so viel über ihre eigenen Geschichten?‹«

Dann lachte sie genüsslich ein meckerndes Lachen. Wir standen alle wie am Boden festgefroren.

»Nun geht schon!« Kaija wurde wieder ernst. »Ich schlafe oft hier unten, wenn ein Buch fast fertig ist. Da kann ich herumlaufen und zwischendurch immer mal Nachtluft schnappen. Das mache ich auch, wenn ich alleine bin. So was Besonderes seid ihr nicht.«

Dann lachte sie wieder meckernd. Wenn die eiserne Hakenhand von Käpt'n Hook in einem Gelächter aufblitzen könnte – dann in diesem.

Kaija machte mir noch eine Tasse Tee, in die sie ohne zu fragen drei Löffel Honig hineinschaufelte. »Wenn du in dem Räuberbus mitfährst, wirst du allmählich gelernt haben, Süßes zu mögen.«

Wir setzten uns auf die Terrasse. Es war immer noch nicht sehr kühl. Kaija zeigte auf einen kleinen Kühlschrank in einer Ecke der Veranda. »Da ist Karlis Senf für ein halbes Jahr drin. Man kann fast die Uhr danach stellen, wann er wieder eintrudelt«, sagte Kaija. »Das nächste Mal, wenn der erste starke Frost kommt.«

Ich schaute hinein. Ein ganzer Kühlschrank voller Kastell-Senf. Kaija saß zufrieden in ihrem Korbstuhl und zog sich eine Wolldecke um die Beine zurecht. Wir saßen lange schweigend da.

»Es lohnt sich nicht, das Räuberleben liebzugewinnen«, sagte Kaija in die Stille. Sie sah mich gewaltig scharf an, und ich hatte das Gefühl, als schrumpfte ich in meinem Stuhl auf die Größe eines Regenwurms.

»Wollen Sie damit sagen, dass ich für die Räuberei nicht tauge?«, fragte ich. »Wenn ich völlig unbrauchbar wäre, dann hätten sie mich ja wohl schon längst an irgendeiner Tankstelle ausgesetzt!« Ich war so verunsichert und nervös, dass ich vom Stuhl aufsprang, um wenigstens ein bisschen größer zu sein.

»Ja, da hast du wohl recht!«, meckerte Kaija. Dann wurde sie wieder ernst. »Ich will damit nur sagen, dass man im Sommer ein falsches Bild von der Sache bekommt. In der Winterzeit ist die Räuberei kein Zuckerschlecken. Der Bus bleibt im Schnee stecken, in den Sommerhäusern ist es kalt, und um den Jahreswechsel herum ist auf den kleinen Straßen überhaupt kein Verkehr mehr.«

»Das halte ich schon aus«, behauptete ich tapfer.

Doch ich wusste, wenn die Herbststürme anfingen, würde ich wieder zu Hause sein.

Das war aber ein Gedanke, den ich nicht denken wollte.

»Karli hält es aus, weil er es selbst gewählt hat«, sagte Kaija. »Bei Hilda weiß ich nicht recht. Vielleicht weil sie Karli glücklich machen will und die Kinder.«

»Die halten einfach alles aus!«, widersprach ich. »Sie können es nicht wissen, weil Sie nie dabei waren. Sie kennen nicht das Gefühl, wenn der Bus mit Schwung herumgeworfen wird und man brüllend rausspringt.« Ich schwenkte die Arme und fuchtelte mit den Händen herum, als hielte ich den entsetzlichsten Räubersäbel in den Händen.

»Karli, also der Wilde Karlo, ist nicht immer Räuberhauptmann gewesen«, sagte Kaija. »Aber bald ist alles andere so lange her, dass nicht einmal er selbst sich mehr daran erinnert.«

Ich setzte mich wieder hin, und Kaija erzählte mir die Geschichte des Wilden Karlo.

»Vor vielen Jahren, als Kalle zwei Jahre alt war und Hele fünf, arbeitete Karlo in einer Autofabrik.«

»Das glaube ich nicht«, sagte ich. Ich konnte mir den Vater Räuberberg nicht als Arbeiter im Blaumann vorstellen, der in die Fabrik ging, wenn die Werkssirene ertönte.

»So war es aber«, sagte Kaija. »Eine Autofabrik in Ostfinnland; da gab es ja früher mehrere. Karlo fand, dass sie die besten und haltbarsten Autos bauten. Er sagte, er habe absolutes Vertrauen in diese Autos, weil er jedes einzelne Teil selbst hergestellt hatte. Karlo machte seine Sache ausnehmend gut, fast überall in dieser Fabrik setzten sie ihn ein. Zum Schluss überprüfte er die Wagen, damit auch alles in Ordnung war. Piet war sein bester Freund und Kollege, von dem Tag an, als beide in der Fabrik angefangen hatten. Hilda und die Kinder sahen durchs Fenster, wenn Karlo und Piet von der Arbeit kamen. Piet wohnte allein, aber im selben Haus, und kam oft zum Essen zu Karlo und Hilda. Es war ein ganz normales Haus, mit Balkonen, und in der Weihnachtszeit hatten sie einen roten Weihnachtsstern aus Kunststoff im Fenster.«

Während Kaija erzählte, war es dämmerig geworden, die kurze dunkle Zeit in einer hellen Sommernacht. Kaijas Stimme war leiser geworden.

»Kurz vor Weihnachten kam dann die Nachricht: Die Fabrik wurde geschlossen, die Autoproduktion wurde in ein anderes Land verlegt, wo sie billiger war. Es hieß, wer wollte, könne stattdessen Handyschalen herstellen oder versuchen, in einer anderen Fabrik als Metallarbeiter unterzukommen. Aber Karlo wollte nicht. Er wollte weiterhin jene besten und haltbarsten Autos bauen, die er sein ganzes Leben lang gebaut hatte. In den letzten Tagen vor Weihnachten müssen sie ihren Plan gefasst haben«, sagte Kaija. »Ich wollte sie am zweiten Weihnachtstag besuchen, da waren sie schon nicht mehr da. Die Wohnungstür war angelehnt. Der

Stern hing im Fenster, im Kinderzimmer lag Spielzeug, im Schrank hing ihre Kleidung. Aber sie waren nicht mehr da. Ich glaubte, ich würde sie nie mehr wiedersehen, bis sie ein halbes Jahr später, als es Sommer wurde, mit dem Bus hier vor meinem Haus auftauchten.«

Ich versuchte, mir das Leben der Räuberbergs in jenem ersten Jahr vorzustellen: Wie auch sie einmal ihre erste Nacht im Räuberbus zubrachten, genau wie ich. Wie Hele und Kalle ihre Spielsachen und ihre Freunde vermissten, bis sie sie allmählich vergaßen – und Hele zur Superräuberin ohnegleichen wurde.

»Karli hatte sich nicht getraut, mich besuchen zu kommen, weil er dachte, ich wäre böse auf ihn«, sagte Kaija. »Aber wie kann man jemandem böse sein, weil er seinen Traum verwirklichen will?«

Sie stand plötzlich auf, sodass die Wolldecke ihr auf die Füße rutschte. »Sollen wir reingehen? Es wird kühl.«

Als ich die Augen schloss, sah ich ein Mietshaus vor mir mit einem leeren Parkplatz davor. In einem Fenster hing ein roter Weihnachtsstern, aber dahinter war niemand mehr zu Hause.

Kapitel 11

*in dem die Räuberbergs
endlich beim
Räubersommerfest sind*

»Endlich!« juchzte Hele und hopste in der Küche auf und ab. »Endlich! Endlich fahren wir los!«

Es war sechs Uhr. Ich hatte das Gefühl, als wären Kaija und ich erst vor ein paar Stunden schlafen gegangen. Verwundert stand ich in der Küchentür, wo etwas Verblüffendes geschah. Hele machte das Frühstück. Ich habe noch nie jemanden in so einem Tempo Frühstück machen sehen. Sie schlug mit einer Hand Eier in eine Schüssel und schaufelte mit der anderen Kaffee in die Kaffeemaschine. Dann schlug sie die Eier schaumig und steckte gleichzeitig Brot in den Toaster. Sie wirbelte in der Küche umher, dass sich ein regelrechter Tornado um sie bildete.

Hin und wieder brüllte sie melodisch: »Aufwachen!«, sprang auf einen Küchenstuhl und von da auf den Tisch und hämmerte mit der Eierpfanne an die Decke. »Aufwachen, alle Räuberbergs, aaaaufwachen! Geschätzte Abfahrtszeit in fünfundvierzig Minuten!«

»Ist es nicht schön, wenn man eine richtige Küche hat«, sagte Kaija zu Hele und rollte sich Lockenwickler ins Haar. Nach dem Aufwachen sah sie nur wie eine alte Frau aus, nicht mehr halb so gefährlich wie gestern. Als sie das zu Hele sagte, fiel mir plötzlich wieder ein, worüber wir geredet hatten, als die anderen schon schliefen. Die Vergangenheit des Wilden Karlo. Und Heles und Kalles Kinderzeit und die Spielsachen, die eines Tages einfach im Kinderzimmer liegen geblieben waren.

»Ja«, sagte Hele. Sie warf einen Berg Schinkenspeck aus dem Kühlschrank in die Schüssel mit den verrührten Eiern, und ich fragte mich, woher sie so genau wusste, wo alles war. »Das ist sehr praktisch, denn es hilft uns, umso schneller HIER WEGZUKOMMEN!«

Dann ließ sie den ultimativen Weckruf erschallen: Sie sprang mit einem Satz auf den Tisch und donnerte einen Kochtopf so fest an die Decke, dass er dort Spuren hinterließ.

»Sie hat wirklich eine gute Stimme«, sagte der Wilde Karlo, als er schnaufend die Treppe herunterkam. »Aus der wird einmal ein prima Räuberhauptmann.«

»ICH werde Räuberhauptmann«, sagte Kalle und schlüpfte auf den Stufen an seinem Vater vorbei.

»Ihr werdet beide Hauptleute!«, sagte der Wilde Karlo. »Solange ihr euch nicht gegenseitig ausraubt, ist doch alles paletti!«

Wir aßen ein leckeres Räuberfrühstück, Rührei, Speck und Frikadellen, und der Wilde Karlo aß natürlich alles auf Knäckebrot und mit einem gewaltigen Streifen Senf. Der Bus war in wenigen Minuten gepackt. »Wir sehen uns, wenn's kalt ist«, sagte der Wilde Karlo und schmatzte einen dicken, feuchten Kuss auf Kaijas Wange.

»Wenn's kalt ist, sehen wir uns!«, sagte Kaija. »Und jetzt seid beispielhaft furchterregend!«

Dann lachte sie wieder so grauenhaft meckernd und winkte uns zum Abschied hinterher, als der Räuberbus mit quietschenden Reifen losfuhr.

»Vor dem Sommerfest müssen wir mindestens ein Auto ausrauben«, sagte Kalle. »Ich habe noch kein eigenes Messer, und ich werde diesen Herbst zehn. Ein Räuber muss doch ein Messer haben!«

»Ach, hat Kaija euch gar nichts gesagt?«, rief Hilda von vorn und bog mit einem eleganten Handbremsenschwung auf die Hauptstraße ein. Wir klammerten uns alle routiniert an den Haltegriffen fest, um nicht an der Seitenwand des Wagens plattgedrückt zu werden. »Mir hat sie gesagt, dass sie Geschenke für euch unter die Sitzbank gelegt hat. Es ist wohl was für das Sommerfest, aber ihr könnt sie bestimmt schon auspacken.«

Sie wühlten unter der Sitzbank. Kalle fand seins als Erster. Dann Hele. Sie starrte mich an, als wäre ich blöd. »Warum suchst du denn nicht?«, sagte sie. »Manchmal glaube ich, du hast gar nichts gelernt! Ist doch wohl KLAR, dass du auch ein Paket kriegst.«

Ich betastete die Unterseite der Sitzbank, und tatsächlich, da war mit Paketklebeband ein kleines Päckchen befestigt. Obenauf klebten eine Schleife und ein Kärtchen, auf dem in schöner Handschrift Vilja stand. Wann hatte Kaija die Sachen nur einpacken und verstecken können? Sie war mit mir zusammen die halbe Nacht aufgeblieben und am Morgen erst nach mir aufgewacht. Es schien in der Sippe Räuberberg noch andere Ausnahmeexemplare zu geben als die in allem perfekte Hele. Kalle hatte inzwischen sein Paket aufgefummelt, und darin lag ein prächtiges Messer mit grauschwarzer Klinge.

»Wow, ein Kohlestahlmesser!«, sagte Hele. »Das hält praktisch ewig, wenn du damit keine Dummheiten machst.«

Sie riss ihr Päckchen mit einer einzigen Bewegung auf. »Ein Schmetterlingsmesser!«, sagte sie anerkennend.

Das Messer steckte sozusagen zwischen den zwei Hälften des Griffes. Wenn man diese Griffe nach hinten bog, wurden sie zu einem stabilen Knauf für das Messer.

»Ein fabelhaftes Zweitmesser für spezielle Anlässe«, sagte sie und begann zu üben, das Messer mit einer achtförmigen Handbewegung auszuklappen. Nach höchstens sekundenlangem Training sah sie mit ihrem Messer aus wie ein japanischer Krieger.

»Boss, deine Schwester hat wirklich einen guten Geschmack bei Messern!«, sagte Gold-Piet bewundernd.

Rasch, bevor die Blicke der anderen sich auf mich richten konnten, öffnete ich mein Päckchen, indem ich das Klebeband so abzog, dass das Papier kein bisschen raschelte. Aus den Jahren mit einer neidischen großen Schwester war ich schlau geworden. Mein Messer steckte in einer hellen Lederscheide. Es hatte einen harten Holzgriff und die schönste Klinge der Welt. Die Klinge war an beiden Seiten scharf, aber sie war verziert: eingravierte Blüten und Ranken wanden sich darauf.

»Ein Mädchenmesser«, schnaubte Hele verächtlich. »Du musst Klebeband um den Griff machen, Holz rutscht einem leicht aus der Hand.«

»Na, jetzt können wir aber zum Räuberfest fahren!«, sagte der Wilde Karlo feierlich.

Ich hatte mir vorgestellt, das Räubersommerfest fände auf einem abgelegenen Campingplatz statt, wo sich kein Mensch aufhielt, aber ich hatte völlig unrecht. Der Festplatz war ein großer Sportpark hinter einem Einkaufszentrum. Am Tor hing ein Schild:

NETZWERK-MARKETING FINNLAND SOMMERTREFFEN

Der Text war von Hand auf ein weißes Betttuch gemalt. Niemand kontrollierte, wer hineinfuhr. Trotzdem hatte ich vor Spannung eine Gänsehaut.

»Sehr gut«, schmunzelte der Wilde Karlo. »Wenn ich hier wohnen würde und dieses Schild sähe, würde ich die Stadt sofort verlassen!«

Wir standen immer noch an der Einfahrt. Vor uns versuchte jemand, ein Wohnmobil durch das Tor zu bekommen, und Hilda ließ den Motor unseres Räuberbusses aufheulen, um beim Fahrer des Wagens vor uns Furcht zu erregen.

»Aber wir sind doch keine Netzwerkmarketing-Vertreter!«, rief Kalle, als wir mit dem Räuberbus durch das Tor fuhren.

»Nein, und auch keine Steuerberater«, sagte Hilda und kurvte mit großer Präzision umher, um den besten Stellplatz für den Räuberbus zu ergattern.

»Ja, das haben sie doch geändert, weil hier letztes Jahr alle möglichen Leute aufgetaucht sind und nach Haushaltshilfen-Freibeträgen fragen wollten und so 'n Zeug«, sagte Gold-Piet. Das Wort sprach er so sorgfältig aus, dass ich begriff, dass es eine ziemliche Anstrengung für ihn bedeutet hatte.

»Wenn hier jedes Jahr ein anderes Schild hängt, woher sollen wir dann wissen, ob das nicht wirklich Netzwerkmarketing-Vertreter sind?«, fragte Kalle.

»Guck doch mal hin, mein Schatz«, sagte Hilda liebevoll. »Sehen diese Typen wie Vertreter aus?«

Wir schauten durch die Seitentür hinaus. Auf dem enormen Sandplatz standen an die dreißig Lieferwagen und Wohnmobile. Um jeden Wagen wuselte eine Gruppe Räuber herum, sie stellten Gartenstühle auf, spannten Vorzelte auf, die wildesten hatten eine eigene Lärmschutzwand dabei, die sie um ihren Wagen herum zusammenhämmerten. Wer seinen Lagerplatz fertig hatte, warf sich in seinen Campingsessel, wo er nur noch vornübergebeugt dahockte, um die anderen anzustarren.

Es war die finsterste Ansammlung von Fahrzeugen, die ich je gesehen hatte. Ein Auto war mit züngelnden Flammen bemalt, an einem anderen lehnte eine Wartungsleiter, auf der genauso viele Leute herumkletterten wie unten das Lager aufschlugen. Auf dem Dach eines dritten Wagens war eine riesige Zange befestigt.

»Damit können die angeblich jeden Gitterzaun durchschneiden!«, sagte Kalle, der eine Zeit lang in der Nähe des Zangen-Wagens herumgelungert hatte, bis ein dicker Mann mit Glatze ihn wegscheuchte.

»Solche Idioten«, schnaubte Hele. »Im Busch im hintersten Savo ist wohl alles möglich. Die Zange ist völlig illegal. Die schreien doch geradezu nach der Polizei, wenn sie mit so einer Zange auf den großen Straßen unterwegs sind. Nein, Brüderlein, das läuft ganz anders: Ein ordentlicher Räuberwagen ist völlig unauffällig (sie zog an der Kette und ließ die Räuberflagge aus der Lüftungsklappe wehen), elegant (sie tätschelte das Blech) und beschleunigt schnell genug. Das ist alles, was man braucht. Alles andere ist nur mangelndes Selbstwertgefühl.«

Mochte Hele sagen, was sie wollte: Die Kette aus erhängten Barbiepuppen an den Seitenfenstern gab dem Bus ziemlich viel Glaubwürdigkeit.

»Aha, die Vollversammlung fängt schon heute Abend an«, sagte der Wilde Karlo, als er mit einem fettigen Blatt Papier in der Hand zum Bus zurückkam. In der anderen Hand hielt er eine Fleischpirogge, von der er zerstreut immer wieder abbiss, während er las, was auf dem Blatt geschrieben stand. Der für das Fest aufgesparte Troyer war schon nicht mehr in bestem Zustand.

»Furchtbar!«, murmelte er, ohne den Blick vom Blatt zu heben, und ließ sich dann krachend auf einen Stuhl fallen, der neben dem Bus stand. Der Stuhl schwankte bedrohlich, und es war ein reiner Glücksfall, dass er nicht zusammenbrach. »Haarsträubend! Den Pärnänens ist da was zu Kopf gestiegen, Hilda, hör mal zu. Sie haben die Hurmalas als Sachverständige eingeladen, ausgerechnet die verrückten Hurmalas! Opa Hurmala kann doch selbst im Laufschritt niemanden mehr einholen! Und der jüngste Sohn, na, der wird Ingenieur. Um Himmels willen«, sagte er und zog sich an den Zöpfen, »*Kniffe und neueste Methoden in der modernen Räuberei*. Ist es so weit gekommen? Brauchen wir jetzt so etwas? Wer auf die Jahresversammlung geht, kennt ja wohl das ABC der Räuberei!«

»Wann ist denn Q & R?«, fragte Hilda. »Damit ich weiß, wann ich den Teig ansetzen muss.«

»Und BeWe?«, fragte Kalle schrill. »Ist es zweitägig wie voriges Jahr, oder gibt es Vorausscheidungen? Gibt es da ein Mindestalter? Papa, darf ich jetzt in BeWe antreten, wenn Gold-Piet beim FuMo ist oder wie das heißt? Ich habe jetzt zwei ganze Sommer geübt, und sogar Hele sagt, ich bin gut darin. Entscheidungen, Boss, Entscheidungen!«

»Nicht alle auf einmal, ihr Strolche!«, sagte der Wilde Karlo matt und begann, das Festprogramm vorzulesen. Die Räuberbergs scharten sich dicht um ihn. Das Programm war voller Abkürzungen, das schien in diesem Beruf üblich zu sein.

»Willkommen beim Sommerfest«, rief da eine Frau um die dreißig, die an unserem Lager vorbeiging. Sie trug über ihrem kurzen Sommerkleid eine schwarze Lederweste mit einem weißen P drauf. Auf dem Arm hielt sie einen kleinen Hund, bestimmt einen Zwergpinscher, der vier verschiedene Nietenhalsbänder trug und auch eine lederne Weste mit einem großen weißen P darauf anhatte. »Ihr denkt doch an die Regeln? Frieden und Respekt. Wunderbar, dass ihr zu uns gekommen seid.«

Während die Frau an uns vorüberging, packte der Wilde Karlo Hilda an der Taille und hielt ihr den Mund zu. So hielt er sie ruhig, bis die Frau außer Hörweite war.

»Kann denn niemand diese Pärnänen auf dem Rost

braten«, kreischte Hilda, als er sie wieder losließ, rasend vor Wut. »Das kann man sich doch nicht anhören. Scheinheilige Kuh! ›Willkommen bei uns‹, als ob das IHR Fest wäre und ihr Garten! Ist das hier irgendwie deren eigene Stadt geworden?«

»Ach, du schlägst sie im Q & R aus dem Felde, dann hält sie bis nächsten Sommer den Mund«, sagte der Wilde Karlo. »Konzentrieren wir uns auf das Wichtigste. Wir besiegen sie, und dann reden wir von diesem *Respekt.*«

Mit kugelrunden Augen hatte ich der Szene beigewohnt und im Großen und Ganzen nur Bahnhof verstanden. Offenbar hatte ich noch viel über diese Räuberbergs zu lernen.

Kapitel 12

in dem wir erfahren, dass FuMo nicht »Furzen und Mogeln« heißt

Nachdem die junge Pärnänen uns begrüßt hatte, gingen alle ihren eigenen Beschäftigungen nach. Der Wilde Karlo traf sich mit den anderen Räuberhauptleuten, Hilda breitete Gerätschaften und Zutaten zum Backen auf dem Klapptisch aus und bat Gold-Piet, unser Lager mit einer Plane abzuschirmen, sodass Außenstehende nicht so leicht beobachten konnten, was sie tat. Hele blieb hilfsbereit bei mir.

»Lass uns mal die Disziplinen durchgehen«, sagte sie. »Schließlich und endlich hat der Boss beschlossen, dass Kalle beim BeWe mitmachen darf. Das ist ein zweitägiger Beurteilungswettkampf, wo man entweder ohne hinzuschauen oder nur mit einem kurzen

Blick den Inhalt eines Kofferraums bewerten muss. Dabei werden die besten Überfallstrategien und verschiedene Risiken gegeneinander abgewogen. Früher hat der Boss immer mitgemacht, aber er hat sich jedes Mal im Finale so ereifert, dass es sicher besser ist, wenn Kalle es mal versucht.«

Im Schutz der aufgespannten Plane begann Hilda, einen Teig zu kneten, den sie aus Roggenmehl und einer großen Menge eingeweichter und pürierter roter Bohnen angerührt hatte.

»Geht ruhig ein bisschen spazieren«, schnaufte Hilda beim Kneten. »Aber bleibt nirgendwo zum Reden stehen und starrt niemandem direkt in die Augen. Nehmt das Walkie-Talkie mit. Alles wie gehabt.«

Staunend stand ich am Bus und sah zu, wie Hele sich fertig machte. Ihr Messer schob sie sich in den Stiefelschaft. Für das Schmetterlingsmesser hatte sie eine spezielle Öse an ihrem Gürtel angebracht, sodass sie es in Sekundenschnelle in der Hand haben konnte. Aber darüber hinaus steckte sie noch eine Dose Pfefferspray ein und zog sich eine imposante Eisenkette als zusätzlichen Gürtel durch die Schlaufen am Hosenbund. Und während sie sich so zur Kämpferin ausstaffierte, erklärte sie mir die Regeln für den ersten Wettstreit.

»Hilda tritt in Q & R an«, sagte sie. »Das ist ein alljährlicher Wettkampf, der für die Frauen ausgerichtet wird, Quiche und Ringkampf. Die Regeln wurden letztes Jahr überarbeitet. Nur essbare Zutaten, und man darf die Gegner nicht vergiften. Jetzt muss auch die

Jury die Stücke probieren und bewerten, das ist eine große Verbesserung. Vorher haben sie sich gegenseitig Mörtel und Grillkohle untergejubelt.«

Hele sah mir ins verblüffte Gesicht und fuhr rasch fort:

»Quiche und Ringkampf wird als zweiteiliger Wettkampf durchgeführt. Erst muss jede Teilnehmerin eine Quiche backen. Die wird in so viele Teile geteilt, wie Kämpferinnen da sind, meistens so sechs bis acht, und dieses Jahr auch noch ein Stück für die Jury. Die erste Phase ist die Wertung. Da gibt es Punkte für Geschmack und Aussehen der Quiche. Die zweite Phase ist das Quiche-Essen. Jede Teilnehmerin isst je ein Stück von den Quiches der anderen, also insgesamt sechs bis acht Stücke. Man darf keins übriglassen, sonst wird man automatisch disqualifiziert.«

Ich machte mir Notizen. Bei dem Versuch, mit Heles Diktat Schritt zu halten, brach mir die Bleistiftmine ab.

»Die dritte und letzte Phase des Wettkampfs ist das Ringen. Alle kämpfen gegen alle, aber in Zweier-Runden, und zwar sofort nachdem sie die Quiches gegessen haben. Die Regeln entsprechen denen fürs Freistilringen. Dann werden die Punkte aus der Quichephase und der Ringkampfphase zusammengezählt, und diejenige, die am meisten Punkte hat, ist Q & R-Meisterin und darf diesen Titel auf ihren Wagen lackieren, wenn sie will.«

Ich ließ meinen Blick über alle Fahrzeuge schweifen, die ich von meinem Platz aus sehen konnte. »Von diesen ist es jedenfalls keine?«

»Natürlich nicht«, schnaubte Hele. »Hilda gewinnt jedes Jahr. Einmal hatte sie den Arm in der Schlinge und hat trotzdem gewonnen. Das ist ein wilder, brutaler, großartiger Wettkampf! Solltest du dir ansehen. Morgen um drei.«

»Willst du das später auch machen?«

Da starrte Hele mich auf eine Weise an, die ich aus unseren ersten gemeinsamen Tagen kannte. Ich spürte, wie meine Gesichtsmuskeln unter diesem feindseligen Blick langsam geröstet wurden. Aber Hele wurde schnell wieder milde, als ihr offenbar klar wurde, wie wenig ich von der ganzen Veranstaltung wusste.

»Ich und Quiche backen? Denk mal nach!«

Schließlich war Hele voll bewaffnet, und wir machten uns auf zu einem Rundgang über das Gelände. Besonders furchterregend war das Lager der Pärnänen-Sippe hinter dem Lärmschutzzaun. Es war das größte von allen. Der Lärm, der daraus hervorquoll, war ohrenbetäubend. Gerade bog dort noch eine Wagenladung jüngerer Leute ein, Teile des Zaunes wurden abgerissen und, sobald der neue Bus an der richtigen Stelle stand, blitzschnell wieder aufgebaut.

»Deren Ruhm ist keinen Pfifferling wert«, sagte Hele und lutschte an ihrem Lakritzlolli, einem der letzten, die vom Kiosküberfall übrig waren. Wir gingen an dem Lärmschutzzaun entlang. Auf der anderen Zaunseite tauchte der kleine Hund auf, den die Pärnänen auf dem

Arm gehabt hatte, und bellte. Trotz der Hitze trug er noch immer die Lederweste mit dem P.

»Die Pärnänens haben eben diesen großartigen Urahnen, aber das war es auch schon. Der Boss und Piet sind ja die größten Fans von dem. Dabei ist der nicht mal mehr fit genug, herzukommen. Der ist wohl irgendwo im Pflegeheim oder sogar schon tot, aber darüber darf man nicht sprechen.«

Der Hund bellte schrill hinter uns her, und Hele warf ihm ihren Lutscherstiel zu, auf den sich das Tier wütend stürzte. In diesem Moment öffnete sich der Zelteingang, und ein älterer Mann, so in den Vierzigern, kam heraus. Er trug kein Hemd oder T-Shirt, nur eine offene P-Weste hing ihm über die Shorts.

»Was glotzt ihr so?«

Er klemmte sich den Hund unter den Arm und roch prüfend am Lutscherstiel, ob der nicht etwa vergiftet war.

»Wir gucken uns nur mal um«, sagte Hele.

»Na, jetzt habt ihr geguckt, und jetzt wisst ihr, dass ihr hier am falschen Ort seid. Die Pärnänens geben nur *eine* Vorwarnung!«, sagte der Mann und zeigte mit dem Finger auf uns.

Er umarmte den Hund und trug ihn ins Zelt.

»Das ist der neue Co-Pilot von denen«, sagte Hele. »Der Boss ist im Hauptzelt, so ein Dicker mit Glatze, auch mit P-Weste. Jedenfalls *wird* er Boss, wenn sie wissen, was gut für sie ist. Falls sie irgendwann diese Mumie auf dem Chefsessel loswerden.«

»Der Boss hat dieselbe Weste wie sein Hund«, kicherte ich.

Ein Stück weiter standen mehrere lilafarbene Busse, die auf den hinteren Stoßstangen aufgemalte Messer trugen.

»Vor denen muss man sich in Acht nehmen«, sagte Hele leise und zermalmte den Rest ihres Lutschers zwischen den Zähnen. »Die Fliegenden Stilette. Von der Westküste. Immer wenn man in die Gegend von Oulu oder Pietarsaari kommt, tauchen zwei, drei Busse von denen auf wie aus dem Nichts.«

Als wir an diesem Lagerplatz vorbeischlenderten, ging die Seitentür eines Lieferwagens auf, und eine ältere Frau mit Kräusellocken guckte feindselig heraus.

»Die Alte Hanna, die Kommandantin«, flüsterte Hele.

»Letztes Jahr hat sie eine todbringende Gyros-Roggenmehl-Quiche gemacht, die im Magen lag wie ein Haufen Ziegelsteine. Kräftige Arme. Die ist die wichtigste Gegnerin beim Q & R; Hilda muss die besiegen, dann ist eigentlich alles klar.«

»Wie geht's denn deiner Mama?«, fragte die Alte Hanna. »Sie ist doch hoffentlich noch nicht verhungert, weil ihr diese Gentlemanallüren habt? Ich hab gehört, ihr habt eine alte Frau in einen Kofferraum gelegt und euch dann gleich bei der Polizei ausgeheult, damit die Arme nur nicht beleidigt ist.«

Von drinnen ertönte die gewaltige Lachsalve eines Männerchores.

»Meine Mama? Die backt gerade eine Rasierklingen-

Quiche«, antwortete Hele. »Soll ich ihr was ausrichten?«

»Genauso ein freches Mundwerk wie die Mama«, sagte die Frau zu ihren Leuten im Wagen. »Wer ist denn die Lumpenpuppe da?«

»Das ist die Sachverständige, die wir geraubt haben«, sagte Hele wohlerzogen. »Ihr werdet noch sehen. Und zwar ungefähr dann, wenn es zu spät ist.«

Das hätte sie eventuell nicht sagen sollen.

Die Versammlung der Räuberhauptleute fand in einem großen Zirkuszelt statt. Am Eingang stand ein Mann mit ernstem Gesicht Wache.

»Ich dachte, hier messen sie Ruhm und Ehre?«, sagte ich, als wir einem Mann auswichen, der gerade aus dem Zelt herausgeflogen kam.

»So geht man nicht mit einem Autostopper aus Savo um!«, schrie der Mann und rannte mit dem Kopf voran wieder ins Zelt.

Der bullige Wächter wirkte hauptsächlich amüsiert.

»Ja, das tun sie auch«, erklärte Hele. »Früher haben sie hier gar nichts anderes gemacht, als mit ihren großen Taten zu prahlen und dann, wenn es Abend wurde, sich zu prügeln. Die größte Belustigung war, aus einem fremden Lager etwas zu klauen. Früher wären wir bestimmt im Dunkeln losgezogen, um die Zange da auf dem Wagen dieser Dummköpfe zu erbeuten. Der große Pärnänen, der irgendwann in den Achtzigerjahren der Boss aller Bosse war, merkte dann aber, wie gefährlich es war, wenn die verschiedenen Lager sich über solche Streiche richtig im Ernst zerstritten. Da hat er diese Wettkampfdisziplinen erfunden. Einige Disziplinen sind wieder weggefallen, zum Beispiel WaSte, also Wagen oder Sterben, weil es lebensgefährlich wurde. Natürlich wagten es alle, aber dabei starben dann eben auch alle. Stattdessen gibt es jetzt friedlichere Spiele, so wie dieses Q & R für die Frauen und FuMo.«

»FuMo? Fuß im Morast«, schlug ich vor. »Furzen und Mogeln?«

Hele strengte sich sichtlich an, ernst zu bleiben, doch schließlich konnte sie ihr Pokerface nicht beibehalten. »Das wäre wirklich eine passendere Räuberdisziplin. Nein«, sagte sie. »Funktionierende Modelle. Man darf nur gefundene und gestohlene Materialien verwenden, keine fertigen Bauteile. FuMo ist eine Herzensangelegenheit für Gold-Piet, und niemand von uns hat bisher das Modell eines Räuberwagens gesehen, das er in seinem grauen Pappkarton hat.«

»Eine Frage«, sagte ich. »Woher weißt du, dass ein Modell eines Räuberwagens in dem Karton ist?«

»Ich weiß es einfach«, sagte Hele und zwinkerte mir zu.

Kapitel 13

in dem wilde Wettkämpfe stattfinden

Die Nacht wurde unruhig. Das Igluzelt schlugen wir ganz nah am Bus auf, halb unter dem Schutzdach. Der Sandboden war so weich, dass die Heringe für die Zeltleinen nicht hielten; wir brauchten ewig, um die Leinen irgendwie zu spannen. Kalle erzählte, dass sie die Aufgabe für die Vorauswahl in BeWE schon bekommen hatten. Es ging um eine Kofferraumbeurteilung, wie auch im vorigen Jahr. Am Morgen würde nach der Öffnung zehn Sekunden Zeit sein, um in den Kofferraum zu schauen. Erst musste man einschätzen, was sich im Kofferraum befand, und dann, wie viel davon man innerhalb von zwei Minuten in einen Räuberwagen umladen konnte. Das Objekt, ein Pkw, stand heute schon zum Abmessen bereit, sodass man bereits das Volumen des Kofferraums und den Öffnungswinkel der Kofferklappe berechnen konnte.

»Die wollen verhindern, dass irgendjemand in dieser Nacht schläft«, murrte Kalle. »Daran erinnert man sich nachher nie, die Teilnehmer erzählen immer nur, wie viel Spaß sie auf diesem Fest gehabt haben.«

»Schlaft ihr nur«, sagte Gold-Piet und blickte unruhig hinaus in den dunkler werdenden Abend. »Ich bleibe wach und passe auf, dass niemand hier rumschleicht und so 'n Zeug. Letztes Jahr hatte Lenni, einer der Autostopper aus Savo, ein absolut überlegenes Modell, nämlich einen alten Schienenbus. Aber siehe da, in der Nacht war jemand draufgetreten und hatte die vordere Hälfte so eingebeult, dass Lenni gar nicht antreten konnte. Dann hat Anssi Hurmala den Pokal eingesackt, ein Aufschneider der schlimmsten Sorte. Er hat so rumgetönt, dass es kein großes Geheimnis mehr war, wer auf Lennis Bus getreten ist.«

»Ja, bleib du nur wach«, sagte der Wilde Karlo. »Die Pärnänens und die Hurmalas kommen zurzeit viel zu gut miteinander aus. Das bedeutet nichts Gutes für uns andere.«

Hele und ich versuchten, ein bisschen Schlaf zu bekommen, aber aus dem Schlafsack am anderen Rand des Zelts kam Kalles monotones Geflüster:

»Trockener Flickenteppich: ein bis zwei Kilo, Umladezeit zwanzig Sekunden; nasser Teppich: vierfaches Gewicht, doppelte Umladezeit.«

»Ruhe jetzt!«, schrie Hele, nachdem wir uns das eine Weile angehört hatten. »Ich hab immer das Gefühl, dass Leute, die sonst ganz in Ordnung sind, ihren Verstand verlieren, wenn sie hier sind.«

»Du hast ja schon alles!«, sagte Kalle bitter und setzte sich in seinem Schlafsack auf. »Papa sagt ständig, Hele wird Hauptmann, Hele wird Hauptmann, aber über mich sagt er nichts. Ich muss das BeWe einfach gewinnen, sonst kriege ich den ganzen restlichen Sommer zu hören: ›Wir haben es ja gewusst, Kalle kann nicht denken, er ist ja ein *Gentlemanräuber*.‹ Wenn ich das Wort noch einmal höre, haue ich irgendwem mit einem Hammer auf den Kopf!«

»Sorry«, sagte Hele und sah erschrocken aus. »Ich wusste wirklich nicht, dass für dich so viel davon abhängt.«

»Gute Nacht«, sagte Kalle mürrisch und drehte uns den Rücken zu.

Als ich am nächsten Tag aufwachte, war das Zelt leer. In der Nacht war ich von jedem kleinen Rascheln wach geworden, sogar wenn Gold-Piet in seinem Wachsessel die Sitzhaltung änderte. Ich war überzeugt, dass alle Pärnänens und Levanders und Savo-Autostopper auf unser Zelt zu schlichen, um uns totzuschlagen. Als ich mich zerknautscht und hundemüde aus dem Zelt schälte, war das Räuberlagerfrühstück schon vorbei. Ich sah Kalle, der zum BeWe-Vorentscheidungskampf in eins der großen Zelte ging, noch zum Abschied winken.

»Dosenfrühstück«, sagte der Wilde Karlo und reichte mir einen Dosenöffner. »Hilda muss sich mental vorbereiten, sie hat bei der Auslosung den ersten Ringkampf des Tages bekommen. Allerdings gegen Mia Levander, das dürfte ein leichtes Spiel sein. Eine schmächtige Frau mit Vogelknochen und dem völlig falschen Beruf.«

»Leichtes Spiel ist es nie, Boss«, sagte der übernächtigt aussehende Gold-Piet und kam mir bei meiner Pfirsichdose zu Hilfe. »Man muss jede Runde so ernst nehmen, als ob es die einzige wäre. Viele hier glauben, dass sie einen leichten Gegner haben, und fallen dann ihrem Hochmut zum Opfer. Das werden die, die gegen Kalle antreten, bald merken.«

Nach dem Frühstück (Pfirsiche, Fleischklößchen und zwei Sardinen, alles aus der Dose) gingen wir zuschauen, wie Q & R anfing – Wertung, Aufteilung und Essen der Quiches. Wegen des schönen Wetters fand der Wettkampf im Freien statt.

»Die Zeit für das Essen darf fünf Minuten pro Stück nicht überschreiten«, kündigte ein Lautsprecher an. »Für weitere Minuten gibt es Punktabzug. Wer mehr als zehn Minuten überzieht, wird disqualifiziert.«

Die Wettkämpferinnen standen in Ringertrikots hinter ihren Quiches. Sechs Kämpferinnen, allesamt wilde Gestalten. Hilda trug ein blau-weiß gestreiftes Trikot, hatte die langen blonden Haare zu einem festen Knoten gebunden und schaute aus feurigen Augen in die Runde. Sie gehörte zweifellos zu den furchterregendsten. Hanna von den Fliegenden Stiletten grinste, als sie Hilda sah. Ich nahm an, dass die dunkelhaarige Frau im schwarzen Trikot Hildas erste Gegnerin war, Mia Levander. Die nächste, die Vertreterin der Stopper aus Savo, war etwas rundlicher und schien mehr vom Backen zu verstehen als vom Ringen. Die Pärnänens schickten Hildas schlimmste Feindin in den Ring, die junge Tuija Pärnänen. Sie trug einen roten Dress, der aussah wie ein Badeanzug und auf den das Flammenlogo und das weiße P der Sippe aufgenäht waren. Die Pärnänen winkte selbstsicher zu ihren Leuten rüber und warf ihrem Mann, der das in der schweren Weste vor Hitze hechelnde Hundemaskottchen auf dem Arm hielt, einen Luftkuss zu.

»Die eine da kennt noch keiner«, sagte Hele und zeigte auf eine Frau im grünen Dress, die Handgelenkmanschetten trug wie eine Tennisspielerin. »Ich habe gehört, dass die erst in der Nacht angekommen sind. Das sind Neue, wahrscheinlich von den Schären oder von den Ålandinseln. Die sehen ziemlich fähig aus und quasseln nicht unnötig herum.«

»Und für ›Motor-Horror vom Schärenmeer‹ tritt an: Anna-Kaisa, A-Ka Mikkonen«, verkündete der Ansager. Die Frau in Grün hob die Hand und begrüßte das Publikum, wobei sie jeden anschaute. Ihr Blick war aufmerksam und forschend, ohne Furcht.

»Gute Körperbeherrschung«, sagte Hele. »Das sieht man jetzt schon. Mit der kriegt Hilda noch Probleme.«

Das Quiche-Essen begann. Ich sah zu, wie Hilda mit einem Blick den Quichestapel auf ihrem Teller abschätzte und dann anfing zu essen. Schnell, effizient, mit Blick ins Leere. Fünf große Stücke Quiche, von denen jedes einzelne für ein nahrhaftes Mittagessen gereicht hätte. Ich konnte mir nicht vorstellen, wie man mit einer solchen Menge Essen im Bauch noch einen Ringkampf bestreiten sollte.

»Sie visualisiert. Sie stellt sich beim Essen vor, jemand anders zu sein, rate mal, wer«, kicherte Hele. »Gleich fragt sie, ob sie noch einen Streifen Senf drauf bekommen kann.«

Eine der Wettkämpferinnen, Mia Levander, begann über ihrer Quiche plötzlich zu würgen.

»Ausgespuckt, zwei Minuspunkte«, verkündete der Lautsprecher. Das Publikum tobte. Inzwischen hatten sich Leute aus allen Zelten versammelt, um das Quiche-Essen zu verfolgen. Nur diejenigen fehlten, die in der Vorauswahl für BeWe waren.

»Gut, gut«, sagte Hele. »Die gibt bald auf, dann hat Hilda schon die Erste besiegt.«

Auch die Frau von den Savo-Stoppern musste würgen. Es schien dieselbe Quiche wie bei Levander zu sein, die hellste von allen, mit einer unschuldigen Blätterdeko obenauf. Gold-Piet schlich sich neben uns.

»Hoffentlich ist da kein Sand drin und so 'n Zeug«, sagte er besorgt. »Das müssen sie doch eigentlich überprüft haben, als die Dinger von der Jury verkostet wurden. Sand wäre wirklich ein schwerer Regelverstoß.«

»Kein Sand«, sagte Hele abwesend, und ich konnte beinahe hören, wie die Zahnräder in ihrem Gehirn ratterten. »Sondern Salz. Pfeffer sieht man, das ist ein alter Hut. Das haben die Stopper vor zwei Jahren versucht. Aber Salz! Alle Achtung, A-Ka vom Motor-Horror. Wer es schafft, die zu essen, muss gewaltig trinken, und das passt mit dem Ringkampf gar nicht gut zusammen.«

Ich sah Hilda nach der hellen Quiche greifen und kräftig hineinbeißen. Ein leichtes Zucken ihrer Augenbraue ließ erahnen, wie salzig die Quiche sein musste. Aber Hilda biss unerschrocken noch einmal ab. Und nach dem dritten Bissen, dem halben Quichestück, drehte sie sich zu der Wettkämpferin vom Motor-Horror um und grinste breit.

Q & R ging aufs Finale zu, als der Nachmittag am heißesten war. Hilda hatte ihre erste Gegnerin Mia Levander besiegt, die schon zu Anfang des Kampfes gar nicht gut aussah. Nach der ersten Runde gab Levander auf und erbrach hinter dem Sanitärwagen eine beachtliche Menge versalzener Quiche. Die anderen Duelle liefen reibungslos ab. Die Alte Hanna hatte die rundliche Frau von den Savo-Stoppern aus dem Feld geschlagen. Den längsten und interessantesten Ringkampf bot das Kräftemessen zwischen dem Neuzugang A-Ka und der jungen Pärnänen. Wegen zahlreicher Unterbrechungen war die erste Runde noch im Gang, als die Ergebnisse der anderen schon feststanden.

»Sie versucht, den Kampf sofort zu entscheiden«, sagte Hele wütend. »Sie will gleich beim ersten Angriff überrollen. Die muss man sorgfältig festklammern, man darf sie nicht zu Überraschungsangriffen kommen lassen. Hoffentlich sieht Hilda sich das an.«

Und das tat sie, mit konzentriertem Blick, die Hände in die Seiten gestemmt. Der Wilde Karlo massierte ihr ein wenig die Schultern und bot ihr eine Wasserflasche an, aber Hilda wedelte nur mit der Hand. Sie schien ihre eigenen Pläne zu haben.

»Bei Kalle läuft's gut, er ist im BeWe-Halbfinale, ich hab's doch gesagt«, flüsterte Gold-Piet, der neben uns aufgetaucht war. »Er führt im Moment nach Punkten. Sie machen gerade Pause, besser gesagt einen kleinen Boxkampf, nicht alle sind mit dem Schiedsrichter einverstanden. Richtig gute Aktion.«

»Tja, das war's!«, sagte Hele, als A-Ka vom Motor-Horror ihre Gegnerin schließlich ordentlich in die Zange nahm und die nur noch hilflos zappeln konnte. Die erste Runde war zu Ende. Die Gewinnerin hob zum Zeichen des Sieges nur ganz kurz die Hand und starrte unverwandt ins Publikum. Sie ließ mich an Hele in ungefähr zehn Jahren denken.

In der zweiten Runde hatte Hilda Glück bei der Auslosung. Ihre Gegnerin war die von der langen ersten Runde erschöpfte Tuija Pärnänen. Der Kampf war schnell vorbei. Hilda musste fast ohne Publikum kämpfen, denn auf der anderen Matte standen sich die Alte

Hanna und A-Ka Mikkonen gegenüber, und die meisten Zuschauer wollten sehen, wie die zweite Runde für die geheimnisvolle Neue laufen würde. Sie lief so gut, dass der Wettkampf sich auf natürliche Weise ausdünnte: Die Vertreterin der Autostopper aus Savo, die ja Kampfpause hatte, weil Mia Levander aufgegeben hatte, schaute sich das Ringen zwischen der Alten Hanna und der Mikkonen an. Nachdem sie A-Kas Kampf eine halbe Runde lang verfolgt hatte, ging sie mit bleichem Gesicht zum Schiedsrichtertisch und meldete sich vom Rest des Wettkampfs ab.

»Dass nicht mehr aussteigen, wundert mich«, sagte Hele, als wir eine Saftpause machten und darauf warteten, dass das Finale anfing. »Manchmal hab ich das Gefühl, Räuber können nur an eine Sache auf einmal denken.«

Wir saßen in unserem Lager, sonnten uns und aßen Saure Ratten direkt aus der Videoverleihtüte, was die Vorbeikommenden gewaltig neidisch machte. Wir hatten unsere Vorräte noch einmal ordentlich aufgefüllt, als wir von Kaija kamen. Die neidischen Blicke waren berechtigt. Saure Ratten, Saft und Sonnenschein, das war wirklich eine perfekte Kombination.

»Die denken nur, dass A-Ka eine gute Ringerin ist«, sagte Hele. »Aber hier geht es nicht um Quiche und Ringkampf, sondern um eine neue Räubergeneration! Die Stilette von der Westküste werden schnell merken, dass sie gemeinsame Gebiete mit den Leuten vom Schärenmeer haben. Motor-Horror, das sind junge

Leute mit innovativen Methoden und sehr wenig Respekt vor den alten Gebietsgrenzen.«

Gebietsgrenzen, schrieb ich in mein Notizbuch. Es gab noch viel zu lernen über die Räuberei.

»Fantastische Zeiten brechen an«, Hele kicherte haltlos und hielt eine gewaltige grün-schwarze Ratte am Schwanz über ihren Mund, dann ließ sie los und verschluckte das Tier einfach. »Ein bisschen Action, ein bisschen Spaß, darauf habe ich gewartet!«

»Mädels, kommt ihr direkt nach dem Finale zum Essenszelt?«, fragte Gold-Piet. Er stieg in den Bus und holte den grauen Pappkarton. »Ich gehe mich jetzt vorbereiten, FuMo fängt bald an, und auch da ist Anfeuern nicht verboten! Dem Hurmala muss man den Pokal abnehmen, allein schon der Gerechtigkeit wegen!«

»Bei BeWe hat es eine Beschwerde bezüglich der Auswahl der Finalisten gegeben, deshalb werden die Punkte erneut ausgezählt«, tönte es aus den Lautsprechern. »Die Neuauszählung wird von der unparteiischen Jury des Q & R-Wettkampfes durchgeführt. Deshalb wird das Q & R-Finale etwas verschoben und kann erst in einer Stunde beginnen. Nach der Wertungsrunde und zwei Ringkampfpunktrunden haben hier das Finale erreicht: A-Ka Mikkonen von Motor-Horror vom Schärenmeer und die amtierende Meisterin Hilda Räuberberg. Das Finale in Q & R also in exakt einer Stunde auf Matte eins.«

»Pause im Ringkampf«, brauste der Wilde Karlo

auf und kam zum Zelt getrabt. Er hatte gewaltig geschwitzt, sein T-Shirt trug Schweißflecken, und den Troyer hatte er sich als Gürtel um den Bauch gebunden.

»Unerhört! Man kann doch nicht einfach so die Regeln ändern und das bloß mal eben mitteilen. So was muss auf einer Hauptleutesitzung entschieden werden! Lest doch mal das Regelbuch! Den Pärnänens ist wirklich was zu Kopf gestiegen!«

»Das wird ein trockenes Finale«, sagte Hele zu mir. »Jetzt geht es beim Ringkampf ums reine Können – die Quiches sind ja in einer Stunde schon fast verdaut. Für Hilda wird es schwieriger, das Salz wirkt sich immer schlimmer aus, je länger sie warten muss. Reine Taktik der Jury, wenn du mich fragst.«

Hilda kam zurück ins Lager, setzte sich im Bus hinter das Steuer und knallte die Tür zu. Es war offensichtlich, dass sie sich mental vorbereitete und man sie nicht ansprechen durfte.

»Ich hab keine Lust, hier zu warten. Lass uns einen Erkundungsgang machen«, sagte Hele. »Was gibt es in diesem Kaff noch, außer dem Sportplatz?«

»Nehmt das Walkie-Talkie mit«, sagte der Wilde Karlo und warf uns das Gerät nach.

»Jaja, Boss«, sagte Hele genervt und fing es auf.

Als wir den Sportplatz verließen, blickte ich mich um und sah das Bettlakenbanner im Wind flattern.

NETZWERK-MARKETING
FINNLAND SOMMERTREFFEN

Auch wer nur flüchtig hinschaute, sah unweigerlich, dass auf dem Platz etwas ganz anderes vor sich ging. Dunkel gekleidete Räuber schlüpften in ihre Busse, aus dem Zelt hörte man den Lärm der sich streitenden BeWe-Kämpfer, der minimale Wachhund in Pärnänens Lager versuchte zu bellen, was sich aber wie ein heiseres Jaulen anhörte.

»Sind die Sicherheitsvorkehrungen nicht ein bisschen lasch?«, fragte ich, während wir die Straße entlang auf eine Tankstelle zugingen. »Habt ihr mal überlegt, was passiert, wenn jemand merkt, was hier läuft, und alle werden verhaftet?«

»Wie ich schon sagte, Räuber sind ab-so-LUT keine besonders intelligenten Leute«, sagte Hele und bückte sich unter dem Tankstellenvordach, um ihre Stiefel neu zu schnüren. »Sie meinen, wenn das Lager schreckenerregend genug ist, werden sich keine Außenstehenden dorthin verirren.«

»Hey«, sagte sie, plötzlich voller Energie und mit einem unheilvollen Funkeln in den Augen, »hast du schon mal einen Tankstellenüberfall gemacht?« Sie winkte mir, ihr zu folgen, und wir trippelten leichtfüßig auf das Tankstellengebäude zu. Direkt vor dem Ladencafé blieben wir stehen.

»Sag, wie würdest du es anfangen, wenn du das hier überfallen wolltest?«, fragte Hele oberlehrerhaft.

»Welche Faktoren müssen wir berücksichtigen, wenn wir in zwei Minuten zur Vordertür reingehen und alle Süßigkeiten rausholen, die sie haben?«

Ich ließ meinen Blick über die Überwachungskameras wandern, die Tür zum Personalraum, die Doppeltür zur Terrasse, von der die eine Hälfte mit einem Keil aufgestellt war.

»Das hier ist BeWe in der Praxis«, sagte Hele und warf sich in die Brust.

Genau in diesem Moment prallte mein prüfender Blick auf eine bekannte Gestalt. Ich musste dreimal hinschauen, bevor ich glaubte, was ich sah. In der Schlange an der Kasse stand, sommerlich gekleidet, mein Vater, Jouni Vainisto.

Kapitel 14

in dem alles schiefgeht und die Räuberbergs auf der Flucht sind

Ich ging hinter dem Fenster in die Hocke, damit Papa mich nicht sah. Gerade zeigte er dem Tankstellenmitarbeiter ein Bild von mir, und der gestikulierte in Richtung Sportpark. Nur ein kurzer Spaziergang in diese Richtung, und Papa würde den Räuberbus finden. Er sah ärgerlich aus, schwitzte und wirkte auf seine typische Weise so, als wollte er dringend irgendwo anders sein.

Im Grunde hätte ich nicht überrascht sein dürfen, ihn hier zu sehen. Mich zu verfolgen, war einfach. Man brauchte nur der Bonbonspur zu folgen, indem man auf dem Konto beim Videoverleih nachsah, wo die letzte Süßigkeitenfuhre gekauft worden war. Wir hatten am Vortag in der nächsten größeren Stadt eine ordentliche Ladung besorgt. Viel zu nah. Ich war unvorsichtig geworden.

In den ersten Wochen hatte ich mir viele Male vorgestellt, wie es wohl wäre, wenn Papa und Mama kämen, um mich zu retten. Ich hatte geglaubt, es würde ein gutes Gefühl sein. Nun war es gar kein Gefühl. Um ehrlich zu sein, ärgerte es mich maßlos.

»Ein guter Spürhund, dein Vater«, sagte Hele, die jetzt neben mir hockte. Ich hatte beinahe vergessen, dass sie dabei war. Dass sie meinen Vater wiedererkannte, obwohl sie ihn nur kurz durchs Fenster des Räuberbusses gesehen hatte, beeindruckte mich.

Drinnen rieb sich mein Vater die Stirn und kaufte sich einen Kaffee und ein Eis. Zum Glück setzte er sich damit an einen Tisch in der Nähe der Kasse und nicht ans Fenster, denn dann hätten wir schnell sein müssen. Er blätterte in einer Zeitung und schien nicht zu spüren, dass die Tochter, die er suchte, ihn aus wenigen Metern Entfernung anstarrte. Ich sah, wie rot sein Gesicht war.

Na klar, er hatte herkommen müssen. Na klar, es fuchste ihn, erpresst zu werden. Bis dahin hatte ich gern verschwunden sein dürfen, aber sobald es Jouni Vainisto an sein Geld ging, begann es ihm auch gegen die Ehre zu gehen. Deshalb war er gekommen. Nicht meinetwegen.

»Und?«, fragte Hele. »Was machen wir?«

Sie schlich am Fenster entlang zu den Türen.

»Du könntest jetzt einfach reingehen, und ich würde im Bus sagen, dass du entwischt bist«, sagte Hele. »In Wirklichkeit entwischt mir zwar nie jemand, aber ich weiß schon, wie ich lügen muss, damit der Boss mir ganz bestimmt glaubt.«

»Was?«, sagte ich verblüfft. Mir war gar nicht in den Sinn gekommen, dass Hele mich laufen lassen könnte. »Der Wilde Karlo wäre außer sich, wenn ich entwischen würde«, sagte ich. »Ich bringe euch doch Nutzen!«

Plötzlich musste ich fast darum betteln, mit ihr zusammen von hier fortgehen zu dürfen.

»Wie du willst«, sagte Hele und zuckte die Schultern. »Ich hab ja nur gesagt, ich *könnte*. Nach diesem Sommerfest wird es eigentlich ziemlich langweilig. Immer dieselbe Überfallerei, ein paar Sommerhäuser und so. Vielleicht eine kleine Erpressung. Ein paarmal Flucht. Eben Alltag.«

Eine Familie mit zwei kleinen Kindern, die beide ein Eis leckten, kam aus dem Tankstellencafé. Es war ziemlich heiß, das geschmolzene Eis lief dem kleinen Jungen über die Hand. Eine der Türen stand offen. Ich hätte nur hineinzuschlüpfen brauchen. Da begriff ich.

»Du lügst!«, rief ich triumphierend. »Du gemeines Biest, du tust ja nur so! In Wirklichkeit bist du Feuer und Flamme!«

»Natürlich«, sagte sie selbstzufrieden. »Ich wollte nur sehen, ob du es auch bist.«

Blitzschnell schlich sie unter den Fenstern entlang,

richtete sich auf und lief davon. Ich folgte ihr. Wir rannten das kurze Stück Hauptstraße bis zum Sportpark. Unterwegs erklärte Hele mir, wie wir die restlichen Räuberbergs dazu bringen würden, mitten während des Sommerfestes eilends abzureisen.

»Für Hilda ist es natürlich ärgerlich, das Finale zu verpassen«, sagte Hele, »aber sie würde ohnehin gewinnen, einfach weil sie so viel Erfahrung hat. Nächstes Jahr sieht das schon ganz anders aus. Diese A-Ka ist ein starker Gegner.«

Ich bemerkte erstaunt, dass ich dank des Räubertrainings der letzten Wochen beim Joggen nicht mehr außer Atem geriet und sogar gleichzeitig ein Gespräch über unseren Plan führen konnte. Kalle und Gold-Piet vom Sommerfest loszueisen, würde am schwierigsten werden, da waren wir uns einig. Kalle führte ja nach Punkten. Der Modellbauwettbewerb des armen Piet fing gerade erst an, und er hatte sein Modell und uns die ganze Nacht bewacht, ohne ein Auge zuzutun.

»Im schlimmsten Fall kommt Piet mit dem Zug nach, und wir müssen ihn später an einem Bahnhof abholen«, sagte Hele. »Warten können wir nicht. Wir haben höchstens eine Viertelstunde Vorsprung.«

Da prasselte es im Funkgerät. Hele schreckte auf und zog es blitzschnell aus der Potasche. Wir hörten Hildas Stimme, aber es waren zu viele Störungen.

»Irgendwas ist passiert«, sagte Hele. »Sonst würden sie nicht anrufen.«

Wir rannten mit Höchstgeschwindigkeit weiter.

Der gesamte Sportpark befand sich im Ausnahmezustand. Die Räuber, die bei den Wettbewerben zugeschaut hatten, waren zu ihren Wagen zurückgekehrt. Der Motor des Räuberbusses lief, und Hilda ließ ihn hochtourig aufheulen. Unser Lager um den Bus herum war verschwunden. Alle Leute aus den beiden großen Zelten in der Mitte hatten sich auf dem Sandplatz versammelt und brüllten durcheinander. Ich sah den Wilden Karlo mitten in der streitenden Menschenmenge, er schrie am lautesten von allen. Bei den anderen Wagen wurde auch zusammengepackt, die Pärnänens brachen mit lautem Geschepper ihre Lärmschutzwände ab, Hanna von den Fliegenden Stiletten hing auf der Leiter außen an ihrem Bus und gab ihren Leuten schreiend Anweisungen. Schlafzelte wurden abgerissen, Campingtische knallend zusammengeklappt, alle Leute rannten. Überall im Lager warfen sie dem Bus der Räuberbergs finstere Blicke zu. Es sah aus, als bereiteten sich die anderen Lager darauf vor, uns zu verfolgen.

»Papa, komm endlich!«, schrie Kalle, der an einem Wurfgriff hing. »Wir müssen los!«

Was um Himmels willen war während unserer kurzen Anwesenheit passiert? Hatten die Räuberbergs sich als so übermächtig erwiesen, dass das gesamte übrige Räubervolk gegen sie rebellierte? Womit nur hatte der Wilde Karlo unvorsichtigerweise geprahlt?

»Mädchen, bleibt da!«, rief Hilda uns zu. Sie trug immer noch ihr Ringertrikot, kurbelte das Seitenfenster herunter und hing im Führerhäuschen – den Fuß ständig auf dem Gas und eine Hand am Lenkrad – bereit zur Abfahrt.

Das Wortgefecht vor den Mittelzelten wurde schlimmer. Die Leute drohten mit geballten Fäusten, das Geschrei wurde allmählich zur Prügelei. Die Räuber tasteten nach ihren Messern am Gürtel, und endlich konnte der Wilde Karlo sich entschließen zu fliehen.

»Versucht es doch!«, brüllte er und sprang mit fünf gewaltigen Sätzen zum Bus. »Probiert es nur, ihr Nichtskönner! Ihr Angeber!«

Inzwischen hatte er den anderen Wurfgriff gepackt und sprang, von Kalle gezogen, auf den Beifahrersitz. Die Tür knallte zu, aber das Gebrüll des Wilden Karlo war auch durch die geschlossene Tür zu hören:

»Hobbyräuber! Rotznasige Anfänger!«

Der Räuberbus beschleunigte und kam auf uns zugesaust, die Seitentür wurde aufgerissen, und von drinnen hörten wir den Wilden Karlo unablässig schimpfen: »Sogar Legopiraten sind furchterregender als ihr!«

Bevor ich auch nur mit der Wimper zucken konnte, hatte Gold-Piet mich am Kragen gepackt und in den Bus gehoben. Hele sprang mit einem Satz in den fahrenden Wagen, sie schien keine Hilfe zu brauchen.

»Schnallt euch an, jetzt werden wir mal sehen, was der Bus so drauf hat«, sagte Hilda triumphierend. Mit der Aussicht auf eine total gefährliche und aberwitzig schnelle Verfolgungsjagd schien das verpasste Ringkampffinale sie nicht weiter zu stören.

»Haltet die Daumen, dass hier keine Kameras oder Dorfpolizisten sind!«

»Nach rechts, Hilda, nach rechts!«, riefen Hele und ich wie aus einem Mund, aber der Bus war schon nach links abgebogen.

Wir fuhren lärmend und Flüche schleudernd an der Tankstelle vorbei. Dort kam gerade mein Vater, Jouni Vainisto, der sein Eis aufgegessen hatte, aus der Tür. Ich bemerkte, wie sein Gesichtsausdruck sich veränderte, als der Bus vorbeiraste. Durchs Rückfenster sah ich, wie er stolpernd zu seinem Auto rannte. Himmel! Viel schlimmer konnte es wohl nicht mehr werden.

»Also, jetzt haben wir Viljas Vater und die Polizei und den größten Teil der finnischen Landstraßenräuber auf den Fersen«, sagte Hele gelassen und tastete nach dem Buch in der Seitentasche. »Als Herausforderung gar nicht so schlecht.« Sie kuschelte sich auf der Sitzbank zusammen und blätterte seelenruhig im Atlas. Wir anderen flogen trotz Sicherheitsgurten auf den Sitzen umher, als Hilda bei Rot über die Kreuzung raste, Richtung Fernverkehrsstraße.

»Verstecke«, schnauzte Hilda. »Such unter V. Im Umkreis von hundert Kilometern, am besten an einer kleinen Straße.«

»Ich suche ja schon«, gab Hele zurück.

»Darf ich melden: Uns verfolgen nur Viljas Vater und die Polizei«, sagte Kalle zufrieden. »Die vom Sommerfest kommen höchstens bis auf den Schotterweg. Die haben alle so ein bisschen Reifenpanne.«

Ohne den Blick vom Atlas zu heben, hob Hele die Hand, und Kalle klatschte sie ab.

»Mein Junge!«, rief der Wilde Karlo. »Was für ein Vandale! Ein perfektes Markenzeichen!« Er legte die Hand auf sein Herz und wandte sich, vor Stolz strahlend, an Hilda: »Unser Kalle ist schon bald ein Mann! Unsere klugen Kinder! Bald ziehen sie in einen eigenen Bus, und wir können in der Zeitung lesen, was ihnen wieder alles eingefallen ist!«

»Lieber hätte ich trotzdem das BeWe-Finale gewonnen«, sagte Kalle leise.

»Lasst uns erst mal hiermit fertigwerden«, sagte Hilda, die Zunge zwischen den Zähnen. »Festhalten!«

Der Räuberbus bog mit schleuderndem Heck auf die Fernverkehrsstraße ein. Irgendwo in der Ferne erklang die Sirene eines Polizeiautos.

»Das wird euch nicht gefallen«, erklärte Hele. »Das nächstliegende Versteck ist Kaijas Haus. Das nächste ist dann erst fünfzig Kilometer weiter nördlich, und dort gibt es viel zu viele Autobahnen.«

Im Bus wurde nachgedacht.

»Also, zu Kaija«, sagte der Wilde Karlo schließlich. »Sie wird uns schon wieder aufnehmen.«

Hilda beschleunigte kräftig, und ich glaubte, das könnte der Bus unmöglich aushalten, ohne auseinanderzufallen. Aber er hielt es aus.

»Was ist eigentlich passiert?«, fragte Hele. »Ist bei den Wettkämpfen etwas schiefgegangen? Warst du bei BeWe im Finale, Kalle?«

»Ja, war ich«, sagte Kalle. »Deshalb musste ich ja auch mein neues Messer ausprobieren. Die wollten nämlich die restlichen Finalisten dadurch ermitteln, dass welche, die schon ausgeschieden waren, wieder antreten konnten! Und sie stritten sich ständig über die Punkte, dabei gab es ja schon die Schiedsrichterbeschwerde. Spätestens da wusste ich, dass sowieso alles schiefgehen würde. Die mogeln. Echt. Wenn ich schon mal versuche, bei etwas gut zu sein, dann wird es bestimmt nichts. Ist ja auch nichts geworden.«

»Und wie ist der große Streit entstanden?« Ich musste einfach fragen.

Kalle mit seinem niedergeschlagenen Gesicht tat mir leid, aber zugleich hatte ich den brennenden Wunsch, zu erfahren, was eigentlich los war.

Gold-Piet schüttelte traurig den Kopf. »Ja, das war ich; ich habe Mist gebaut. Obwohl eigentlich wieder einmal die Mäusefürze schuld waren. Ich konnte das echt nicht wissen und hab es auch wirklich nicht mit Absicht gemacht. Es war ein Versehen. Die Kartons sehen nämlich genau gleich aus.«

»Die Mäusefürze«, sagte der Wilde Karlo düster. »Die bringen nichts als Ärger.«

Ich begann, hysterisch zu kichern und zu hicksen. Die Situation war zu nervenaufreibend, und die Worte der Männer schienen überhaupt keinen Sinn zu ergeben.

»Ich hab doch gesagt, ins Feuer mit dem Karton!«, sagte Hilda finster. »Das habt ihr jetzt davon.«

»Wovon redet ihr?«, fragte ich in einer Schluckaufpause und wischte mir mit dem Ärmel die Augen. Das Lachen blubberte mir immer noch im Bauch – Lachen und Aufregung und Überraschung in einem herrlichen Durcheinander.

»Zeig es ihr«, sagte Hele zu Gold-Piet.

Der nahm einen großen grauen Pappkarton von der Hutablage bei der Rückbank, denselben Karton, den er zum Modellbauwettbewerb mitgenommen hatte. Er gab ihn mir. »Mäusefürze. Kann man zu nichts gebrauchen, kann man nicht vorzeigen. Gibt immer einen Riesenaufstand.«

Ich nahm den Karton und schaute hinein. Er war gefüllt mit Hundert- und Fünfhundert-Euro-Scheinen, dicke Bündel, die von roten Gummibändern zusammengehalten wurden. Die Bündel waren so dick wie mein Unterarm. Viele Zehntausend Euro, ja einige Hunderttausend.

»Früher war da so ein Mann drauf«, sagte Gold-Piet ernst und nahm einen Schein heraus. »Wenn man das Papier zusammenfaltete, konnte man aus dem Ohr dieses Mannes eine Maus basteln. Das haben wir immer zum Spaß gemacht, wenn uns richtig langweilig war. Aber diese hier sind schlechter fabriziert, die funktionieren überhaupt nicht. Als Mäuse, meine ich.«

»Mäusefürze«, sagte der Wilde Karlo. »Zum Feueranzünden ganz gut, aber selbst dafür sind Pappkartons besser.«

Kapitel 15

*in dem man Bilanz zieht
und sich tarnt*

Der Räuberbus fuhr mit Vollgas auf der Waldlichtung vor Kaijas Häuschen vor. Kaija kam erschrocken heraus.

»Was ist los? Hat sich jemand ins Bein geschnitten oder was?«

Wie erleichtert ich war, als ich sie sah! Die letzten Minuten auf der Schotterstraße war es im Bus völlig still gewesen. Die Polizeikolonne hatte allen eindrücklich klar gemacht, dass wir nur eine Haaresbreite davon entfernt waren, geschnappt zu werden. Das hier war kein Spiel, auch wenn ich diesen Sommer lange als Spiel betrachtet hatte.

Hilda parkte den Wagen und bat Kaija einsilbig um

eine Plane. Es war besser, den Bus zu verhüllen, für den Fall, dass jemand auf die Idee käme, in dieser Gegend zu suchen.

»Wer ist hinter euch her?«, fragte Kaija und wurde blass. »Muss ich mir Sorgen machen?« Kaija streifte jeden von uns mit einem prüfenden Blick. Nur um sicherzugehen, dass es uns gut ging.

»Alle sind hinter uns her«, sagte der Wilde Karlo finster. »Die Pärnänens und die Hurmalas und die Levanders, nicht zu vergessen die Fliegenden Stilette und die Stopper aus Savo und diese Neuen, wie heißen die noch.«

»Also jede nur vorstellbare Räuberbande«, sagte Kalle und nickte sachverständig.

»Und die Polizei, die fährt auch mit in der Kolonne«, fügte Gold-Piet düster hinzu und schüttelte den Kopf. »Das verheißt nichts Gutes.«

»Und dann noch Viljas Vater«, sagte Hele mit der Gelassenheit eines ausschließlich auf Präzision bedachten Wissenschaftlers, der sich keinesfalls von Gefühlen leiten ließ. »Jouni Vainisto sollten wir nicht vergessen. Die Wut eines GaRei-HF ist gewaltig, wenn er sich provoziert fühlt. Das ist der gefährlichste von all diesen Gegnern.«

Uns Businsassen fiel nichts mehr ein, was wir hätten sagen können. Wie begossene Pudel hockten wir in unserem Bus und blickten hinaus zu Kaija. Wir waren zu Kaija geflüchtet, und nun musste sie uns retten. Zumindest musste sie wissen, was wir machen sollten.

»Was denn, ein paar eingeschnappte Räuberbanden, das ist doch gar nichts«, versuchte Kaija zu beschwichtigen. »Es war ja nur eine Frage der Zeit, wann ihr die anderen zum Ausrasten bringen würdet. Unsere Familie hat ein natürliches Talent, andere zu verärgern. Karli weiß das selbst am besten.«

»Nein, weiß ich nicht«, sagte der Wilde Karlo eigensinnig und stieg ächzend aus dem Bus. »Man hasst mich völlig ohne Grund. Verträge werden nicht mehr eingehalten. Aus der Zeit des Großen Pärnänen haben wir eine Satzung ...«

»So ein Unsinn!«, unterbrach Kaija ungerührt die Predigt. »Du hast sie mit Absicht auf die Palme gebracht. Karli, gib es zu, groß wie du bist!«

Sie schaute kurz zu mir her und zwinkerte mir zu. Dieses kleine Kräftemessen mit ihrem Bruder schien ihr Spaß zu machen.

»Nein, ich gebe nichts zu«, sagte der Wilde Karlo wütend. »Hör auf, Kaija! Du verstehst das nicht! Räuber mit Selbstachtung benehmen sich nicht so. Nicht die Räuber, die ich kenne!«

Der Wilde Karlo setzte sich in die offene Seitentür auf den Boden des Räuberbusses und ließ den Kopf hängen. Kaija stand ratlos daneben. Sie hatte versucht, ihren Bruder aufzumuntern, aber sie hatte die Situation völlig falsch eingeschätzt.

»Räuber fordern nicht Beute von anderen Räubern ein. Räuber verfolgen nicht andere Räuber. Das macht doch alles überhaupt keinen Sinn.«

Der Wilde Karlo ließ den Kopf in die Hände sinken. Seine Zöpfe hingen traurig herab.

»Boss, ich verstehe dich«, sagte Gold-Piet und hockte sich neben ihn. »Ich hatte von Anfang an so ein Gefühl, dass irgendwas nicht in Ordnung ist.«

»Uns zu verfolgen, als ob wir Wildfremde wären«, schluchzte der Wilde Karlo. »Das macht man einfach nicht in einer Welt, wo es noch Landstraßen gibt und Freiheit und gewisse Manieren!«

»Könnte man wohl mal eine Plane bekommen?«, sagte Hilda.

»In der Garage ist bestimmt eine«, meinte Hele, und wir gingen los, um das Garagentor aufzumachen. Es war offensichtlich, dass der Wilde Karlo jetzt allein sein musste.

Als wir die Plane befestigt hatten, kochte Kaija uns Kakao und stellte Kuchen auf den Tisch. Das Sommerfest schien wie ein ferner Traum. Der Wilde Karlo schlürfte ein paar Schlucke Kakao und kündigte an, sich jetzt schlafen legen zu wollen.

»Mein Brüderchen geht immer schlafen, wenn er es schwer hat«, sagte Kaija. »Der war schon als Kind so.«

»Ich gehe mit«, sagte Hilda leise. »Ihr kommt hier unten bestimmt zurecht?«

Kaija sagte, wir dürften tun, was wir wollten, solange wir keinen Krach machten. Sie selbst wollte den Streit zwischen Joni von Hiidendorf und der hinterhältigen Rothaarigen fertig bekommen, jene Szene, in der schließlich auch der gutgläubige Held die Intrigen der Frau durchschaut. Kaija begann, Dialogzeilen vor sich hinzumurmeln und schloss sich im Wohnzimmer ein, wo bald das Klappern der Tastatur zu hören war.

Ich blieb in der Küche sitzen und versuchte, die Situation auf Papier zusammenzufassen. Es war das erste Mal, dass es mir schwerfiel, etwas aufzuschreiben.

ANALYSE DER SITUATION DER RÄUBERBERGS
Aufgeschrieben von Vilja

1) Das Sommerfest wurde abgebrochen, als sich in einem Pappkarton, der im Räuberbus gewesen war, eine große Menge Geld fand.
2) Das Geld der Räuberbergs ist in einem verlassenen Haus gefunden worden und hat keinen rechtmäßigen Besitzer - bzw. ist der Besitzer nicht bekannt.
3) Die anderen Räuberbanden forderten einen Anteil am Schatz der Räuberbergs, was ihnen verweigert wurde.
4) Mögliche Gründe für diese Forderung:
- Die anderen Räuber sind ärmer als die Räuberbergs und möchten Geld für den Herbst und den Winter haben.
- Die Art und Weise, wie die Räuberbergs ihr Geld aufwirbeln ließen, sah aus wie Prahlerei; die Forderung nach Anteilen soll eine Strafe dafür sein.

- Das Geldversteck, das die Räuberbergs in dem verlassenen Haus gefunden hatten, gehörte einer anderen Räuberbande!!!

5) Ergebnis: Das Gezänk wurde zum handfesten Streit zwischen den Räuberbergs und den anderen Straßenräubern.

6) Daraus folgte eine Verfolgungsjagd.

7) Die Flucht vor den Verfolgern glückte:
- weil das Zusammenpacken dank effektiven Trainings äußerst schnell durchgeführt wurde.
- dank Hildas fantastischer Fahrkünste.
- dank Kalles Markenzeichen: Er hatte mit dem Messer die Reifen der anderen Fahrzeuge beschädigt, sodass die Verfolger nicht losfahren konnten.

8) Während des Streites oder danach hat jemand die Polizei alarmiert und zum Sommerfestplatz geschickt.

9) Eine oder mehrere Räuberbanden sind möglicherweise geschnappt worden, da sie mit ihren Bussen nicht fliehen konnten.

10) Es ist mit großer Wahrscheinlichkeit anzunehmen, dass die anderen Räubersippen den Räuberbergs die Schuld für dieses Geschnapptwerden geben!!!

»Wisst ihr was? Ihr braucht euch wohl keine Sorgen darüber zu machen, ob ihr nächstes Jahr zum Sommerfest könnt«, sagte ich und hob den Blick von meinen Notizen. »Ich glaube nämlich, dass es nächstes Jahr kein Sommerfest mehr geben wird.« Ich sagte nicht, was ich außerdem noch dachte: Wenn ihr einen anderen Räuberbus seht, solltet ihr genauso schnell verschwinden, als ob es ein Polizeiwagen wäre. Das Leben der Räuberbergs war dabei, sich ganz und gar zu verändern, aber ich war nicht sicher, ob sie das begriffen.

»Wer hat denn die Polizei gerufen?«, fragte Kalle, der mir über die Schulter geschaut und meine Notizen gelesen hatte.

Ich schlug das Buch zu, denn ich wollte die anderen nicht beunruhigen. Vor allem nicht Kalle, der ja niedergeschlagen genug war, weil BeWe abgebrochen worden war.

»Wir wetten um Bonbons für ein Jahr«, sagte Hele listig. »Oder nein: Du bekommst das Schmetterlingsmesser, wenn du es rauskriegst.«

Kalle blickte interessiert auf.

»Das ist sinnlos, Kalle«, sagte ich und warf Hele einen strafenden Blick zu. »Es war mein Vater.«

Das gesamte Haus ging auf Zehenspitzen, bis das Knarren der Treppe uns meldete, dass der Wilde Karlo seinen Mittagsschlaf beendet hatte. Wir waren alle in der Küche versammelt und hatten einer wie der andere das Bedürfnis, einen Plan zustande zu bekommen.

»Darf ich einen Vorschlag machen?«, fragte ich den Wilden Karlo, der sich den Schlaf aus den Augen rieb und sich ächzend auf einen Stuhl sinken ließ. Unter seinen Augen lagen tiefe Schatten. Er sah blass und ernst aus, wie ein Mann, dessen Lebenstraum zerbrochen ist.

»Ich finde, wir sollten den Räuberbus neu streichen.«

»Der Anstrich ist völlig in Ordnung«, knurrte der Wilde Karlo. »Als Fachmann weiß ich durchaus selber, wann ein Wagen gestrichen werden muss und wann nicht.«

Hilda stemmte die Hände in die Seiten, wie immer, wenn sie sich über etwas wunderte. Sie machte den Mund auf, machte ihn dann aber wieder zu, ohne eine Frage zu stellen. Es war offensichtlich, dass niemand so recht wusste, was wir tun sollten.

»Hört mal zu«, sagte ich. »Wir werden von einer großen Anzahl Leute gesucht. Die meisten davon kennen unseren Bus. Also ist das Beste, was wir machen können, den Wagen zu tarnen.«

Hele zeigte mir anerkennend den nach oben gestreckten Daumen, knabberte aber zugleich an ihrem Fingerknöchel, was die Geste vor allen anderen verbarg.

»Gibt es hier Farbe?«, fragte Hilda Kaija.

»Wenn ja, werden sich Anstreicher finden!«, sagte Gold-Piet ernst. Auch für ihn war das schiefgelaufene Sommerfest ein harter Schlag. Während Karlos Mittagsschlaf hatte er die meiste Zeit allein und schweigend in einem Korbstuhl auf der Veranda gesessen.

»Da kann noch irgendwo ein bisschen alter Autolack von Jaakko sein«, sagte Kaija. »Der hatte ja so eine Rostlaube, an der er rumgebastelt hat.«

Kaijas Mann war vor zehn Jahren gestorben, und

Kaija hatte beschlossen, allein weiter in ihrem gemeinsamen Häuschen zu wohnen. Auch darüber hatten wir an jenem Abend gesprochen, als Kaija und ich lange zusammen auf der Veranda gesessen hatten. »Obwohl, was heißt allein«, hatte Kaija gesagt und in die Hände geklatscht, »ich bin ja nicht allein, ich habe ja alle meine Romanfiguren.« Jener Abend schien sehr lange her zu sein.

»Also gut«, sagte der Wilde Karlo und wedelte erschöpft mit der Hand. »Kratzt die Farbreste zusammen und streicht den Wagen mit dem an, was da ist. Ich lege mich wieder schlafen.«

Kaija blickte ihrem Bruder nach und schüttelte den Kopf. Sie machte sich eindeutig Sorgen.

Während der Wilde Karlo schlief, arbeiteten Hele, Kalle, Gold-Piet und ich wie die Wilden. In die Garage mussten wir beinahe mit Gewalt einbrechen, denn das Tor klemmte. Dann musste Kalle es mit aller Kraft offen halten, damit wir anderen Sachen hinaustragen konnten, sonst wäre es uns auf den Kopf geknallt. Die Garage war vollgestopft mit allen möglichen Dingen, nur Autos gab es nicht: Stattdessen waren da alte Sofas, Werkzeug, Skier, ein Gartenzaun. Nirgendwo ein leerer Platz, die Garage war ein ganzes Jahrzehnt lang als Abstellraum benutzt worden. Die Farbdosen standen in einem Regal an der Rückwand, das sahen wir schon, als wir anfingen, aber um sie erreichen zu können, mussten wir die ganze Garage leer räumen. Es waren an die zwanzig Dosen, die wir uns alle genau ansahen. Die Deckel mussten wir mit Werkzeugen aufhebeln, so angetrocknet waren sie. Ein Teil der Dosen war völlig eingetrocknet oder leer, aber als wir den Lack aus allen zusammengossen, bekamen wir drei fast volle Dosen Autolack zusammen. Kaija half uns, im Haus nach Pinseln zu suchen. Die Pinsel befestigten wir an langen Stielen, sodass wir auch das Wagendach anstreichen konnten. Zuerst klebten wir die Metallteile der Karosserie mit Klebeband ab, das wir auch erst suchen mussten. Wir verbrauchten etliche Rollen davon – ich hatte ja keine Ahnung gehabt, wie viele Metallteile ein Räuberbus haben konnte!

Nach dem Abkleben konnten wir endlich anfangen zu streichen. Ab und zu hob Gold-Piet Hele auf seine Schultern, und sie malte von da aus mit dem langstieligen Pinsel die schwierigsten Stellen an. Der Lack reichte perfekt für den ganzen Bus. Zum Abschluss wischten wir uns gegenseitig mit großen grauen Lappen, die aussahen wie Stücke von alten Unterhosen, die Farbe von Gesicht und Armen, dann gingen wir schwimmen, und hinterher servierte Kaija uns räubermäßig große Portionen Eis, das wir mit zerbröselten Schokoriegeln vermischten.

Wir spachtelten gerade die letzte Schokolade frei, die auf dem Grund unserer gewaltigen Eisschüsseln festgefroren war, als der Wilde Karlo nach seinem zweiten Mittagsschlaf vom oberen Stockwerk herunterkam.

»Was macht ihr denn hier?«, fragte er. »Warum streicht ihr nicht den Wagen?«

»Der ist fertig«, sagte Kalle. »Allerdings gab es da ein Problem ...«

»Er soll es selbst rauskriegen«, unterbrach ihn Hele. »Boss, der Bus ist fertig«, meldete sie amtlich. »Da draußen.«

Der Wilde Karlo ging gemächlich aus der Küche. Kurz darauf kam er im Laufschritt zurück, das Haar stand ihm zu Berge und der Mund offen.

»Der Räuberbus«, japste er heiser. »Wer? Wie?« Er setzte sich hin und starrte uns wortlos an.

»Was ist denn mit dem Bus?«, half Kaija.

»Er ist ... rosa«, sagte der Wilde Karlo verzweifelt. »Er ist völlig und unverzeihlich pink!«

Der Wagen war wirklich rosa. Ein leuchtendes Schweinchenrosa. Er wäre das passende Fahrzeug für Blumenmädchen oder Zuckerwatteverkäufer oder auch für Fans des Rosaroten Panthers gewesen. Aber was gar nicht ging, war eine solche Farbe an einem Räuberwagen. Wir konnten zu unserer Entschuldigung nur sagen, dass es keine Absicht gewesen war: Die Farbe war einfach entstanden, als wir die Reste aus allen Farbdosen zusammengerührt hatten. Das einzig Gute war, dass der Räuberbus in Rosa äußerst schwer zu erkennen war. Er war nun auf die beste erdenkliche Weise getarnt.

Kapitel 16

*in dem
ein ernstes Gespräch
geführt wird*

Wir versammelten uns alle um den Wagen. Der Wilde Karlo ging gesenkten Hauptes um ihn herum, tätschelte das Blech, streichelte den Kühlergrill.

»Ein rosa Bus«, stöhnte er auf. »Ich kann nie, nie und niemals einen rosa Räuberbus befehligen!«

»Na, dann befehligst du ihn eben nicht«, stieß Hilda hervor. »Übergib Hele die Befehlsgewalt, damit erfüllen wir ihr gleichzeitig ihren Traum.«

»So habe ich das nicht gemeint, Weib«, brüllte der Wilde Karlo sie an, hochrot im Gesicht.

»Aber ich«, sagte Hilda fest und baute sich vor ihm auf. »Vielleicht ist es für dich jetzt Zeit, in Rente zu gehen.«

Ich sah, wie Hele aufhorchte. Sie tat so, als schnitzte sie mit ihrem alten Messer an einem Stock herum, aber ihr Körper war gespannt wie eine Sehne, und ihr Atem ging schnell. Würde sie schon jetzt eine eigene Busbesatzung leiten dürfen? Sie wäre der jüngste Hauptmann der Räuberwelt. Nur dass wir das niemandem würden erzählen können, weil alle nur die Räuberbergs vermöbeln und ihnen das Geld wegnehmen wollten.

»Das Thema gehört nicht hierher. Wir haben noch viele gute Jahre vor uns«, sagte der Wilde Karlo, und seine Augen brannten einem förmlich ein Loch in die Stirn, genau wie Heles, wenn sie wütend war.

»Werden die wirklich so gut?«, fragte Hilda ganz leise.

Heles Messer rutschte ab, und sie schnitt sich in den Finger. Zum ersten Mal sah ich, wie ihr etwas misslang. Jedenfalls ein bisschen.

»Papa«, sagte Kalle laut. »Ich möchte in die Schule.«

Hele stand auf, steckte das Messer in die Scheide und lutschte an dem verletzten Finger. Sie ging ein Stück weiter weg, fischte das Schmetterlingsmesser aus der Tasche und fing an, es mit der schwächeren Hand zu öffnen und zu schließen. Klack-klack-klack. Klack-klack-klack. Früher wäre ich einfach nur fasziniert von ihrer Geschicklichkeit gewesen, aber jetzt kannte ich Hele so gut, dass ich wusste, sie war außer sich.

»Ich hab gehört, wir hatten früher mal eine Wohnung«, sagte Kalle. »Da könnten wir wieder hingehen. Den Räuberbus könnten wir parken, und ich könnte in die Schule gehen. Also, wir könnten wenigstens eine Pause einlegen. Dann können wir nächsten Sommer überlegen, was wir machen. Wenn die Lage sich beruhigt hat.«

Seine Augen flehten mich um Unterstützung an. Sag ihnen, wie wichtig es ist, in die Schule zu gehen, bettelte er wortlos. Sag ihnen, was für ein Gefühl es ist, wenn man nach Hause in die eigene Wohnung geht, wo das Essen auf dem Tisch steht. Aber ich half ihm nicht. Diese Diskussion betraf seine Familie. Allerdings würde sie auch Auswirkungen auf mich haben. Sollten die Räuberbergs beschließen, ihr Leben auf der Landstraße zu beenden, müsste auch ich nach Hause. Mein Abenteuer wäre vorbei.

»Wo hast du das gehört?«, fragte Hilda schneidend.

»Das hat jemand erzählt«, wand sich Kalle.

Er hielt Hildas Dolchblick nicht lange aus.

»Also Kaija, so was erzählst du unseren Kindern«, sagte der Wilde Karlo und sah sehr traurig aus. »Ich hatte gedacht, dass gerade du ...« Die Stimme versagte ihm, und preiselbeergroße Tränen kullerten ihm über die Wangen. Mitten im Satz wandte er sich ab und ging davon.

Kaija schien um Jahre gealtert zu sein. Ihre Haut sah aus wie zerknittertes Papier.

»Ich habe es wirklich nicht böse gemeint«, sagte sie.

»Papa«, rief Kalle hinter dem Wilden Karlo her. »Ich

habe heimlich gelauscht. Kaija hat es Vilja erzählt, und ich habe gelauscht. Es ist meine Schuld!«

Aber der Wilde Karlo kam nicht zurück. Über das Häuschen legte sich eine dichte und verzweifelte Stille.

An diesem Abend saßen die Räuberbergs verdrossen herum, jeder in seiner Ecke. Ich half Kaija, eine Suppe aus Fleischkonserven zu kochen, so eine, wie der Räuberhauptmann sie besonders mochte, wenn er dazu krachend große Knäckebroträder mampfen konnte. Alle setzten sich an den Esstisch, aber kaum jemand aß etwas.

»Nein danke«, sagte der Wilde Karlo. »Ich habe eigentlich keinen Hunger.«

Hilda schöpfte sich Suppe auf den Teller, ließ sie aber kalt werden und starrte nur vor sich hin. Kalle saß so weit wie möglich von Hele entfernt, offenbar hatten sie gestritten. Nur Hele schien das Essen zu schmecken, doch auch sie hörte auf, als sie merkte, dass alle anderen ihr zusahen. Die gespenstische Stimmung am Tisch kam mir bekannt vor, aber erst als ich das unberührte Geschirr abräumte, begriff ich, warum: Genau so war es ganz oft bei mir zu Hause gewesen.

»Irgendwas müssen wir einfach tun!«, rief ich aus, als ich mich neben Kaija in die Hollywoodschaukel fallen ließ. Wir hatten uns verzogen, weil wir beide nicht aushielten, dass die beleidigten Familienmitglieder drinnen um die Wette schmollten und einander mit Gewittermiene aus dem Weg gingen.

»Gut«, seufzte Kaija. »Gut, dass endlich jemand den Mund aufmacht. Das hier ist ja noch harmlos. Andere würden jetzt eine Meuterei anzetteln. Ist alles schon passiert. Da haben sie einen Kapitän gefesselt an einer Tankstelle sitzen lassen und dann noch die Polizei hingeschickt.«

»Lass uns einen Plan machen«, sagte ich. »Lass uns zusammen alle Möglichkeiten durchdenken und ihnen dann die beste vorschlagen.«

»Wenn ein Kind in die Schule will und das andere einen Räuberbus befehligen, kann nicht jeder bekommen, was er will«, sagte Kaija. »Ich glaube, das Problem ist sogar noch größer. Viele Jahre lang hat Karli seine Träume verwirklichen dürfen. Aber das Leben ist nicht immer ein Abenteuer. Manchmal ist es auch einfach nur Alltag.«

»Nein«, entfuhr es mir, und ich sprang von der Schaukel auf, wobei ich mir den Kopf an der oberen Querleiste stieß, aber davon ließ ich mich nicht bremsen. Ich hielt mir die Stirn und rief: »Es muss irgendeinen Mittelweg geben!«

Aus dem grauesten Alltag war ich in eine Welt entführt worden, in der es so viel Spaß und Freiheit gab, und jetzt wollte ich einfach nicht glauben, dass all das nicht von Dauer sein sollte.

Drei ganze Tage grübelte ich durch. Drei ganze Tage lang stand der rosa Räuberwagen vor Kaijas Häuschen, und die Besatzung hing tatenlos im Haus herum. Ich lutschte an meinem Bleistift, ging am Ufer entlang und sah den Entenküken zu, die in einer Kette hintereinander her schwammen – und endlich formten sich in meinem Kopf ein paar Ideen. Ich setzte mich der Reihe nach mit jedem von ihnen zusammen und ließ sie reden. Dabei machte ich mir Notizen, die ich aber niemandem zeigte, auch wenn sie mir über die Schulter gucken wollten.

»Einen Räuberbus zu leiten, ist eine Imagefrage«, sagte der Wilde Karlo. »Man fährt ja auch nicht im Ballettröckchen Motorrad!«

»Mathematikunterricht«, flüsterte Kalle mit leuchtenden Augen. »Einen Zirkel, ein Geodreieck. Parallelogramme!«

»Ich finde, Hilda hat recht«, sagte Hele. »Ich bin wirklich bereit. Lassen wir endlich die Albernheiten, und fangen wir mit richtiger Räuberei an! Du kannst uns dabei helfen.«

»Es wäre wunderbar, in einem Bett zu schlafen, das nicht nach Motoröl riecht«, sagte Hilda. »Wenigstens manchmal.«

»Also, ich will vor allem, dass wir diesen Streit aus der Welt schaffen«, sagte Gold-Piet. »Am liebsten natürlich so, dass der Boss der Boss bleibt und so 'n Zeug. Man kann sich doch von den Gören in unserem Alter nicht so auf der Nase rumtanzen lassen. Ordnung muss nämlich sein, auch in der Räuberwelt!«

Wie in aller Welt konnte man all diese Wünsche unter einen Hut bringen?

SITUATIONSANALYSE
Aufgeschrieben von Vilja

1) Vater Räuberberg kann nicht den Befehl über einen rosa Räuberbus führen.
2) Vater Räuberberg will nicht, dass Hele den Befehl über den Räuberbus führt, denn Hele ist ein Kind, der Wilde Karlo dagegen ein Erwachsener und der rechtmäßige Hauptmann.
3) Vater Räuberberg möchte weiter das Landstraßenleben führen. Es ist die einzig richtige Art zu leben.
4) Gold-Piet will, was der Wilde Karlo will, aber er will daraus keine große Sache machen.
5) Hilda will nicht immer im Bus schlafen, aber sie will dem Wilden Karlo nicht Dinge wegnehmen, die ihn glücklich machen.
6) Hele will um jeden Preis den Befehl in einem Räuberbus führen.
7) Kalle will ein normales Leben führen und in die Schule gehen.
8) Kaija will, dass alle sich trauen, zu sagen, was sie jeweils für Wünsche haben, sodass man gemeinsam überlegen kann, was zu tun ist.

Hier blieb ich stecken. Als nächsten Punkt hätte ich aufschreiben müssen, was Vilja wollte, aber mich selbst zu interviewen, um das herauszufinden, war sehr schwierig. Ich musste dreimal schwimmen gehen, bis ich wusste, was ich wollte. Ich wollte den Streit der Räuberbergs beilegen, und dafür war mir jedes Mittel recht. Und wenn es irgend möglich war, wollte ich noch zwei Wochen mit ihnen leben. Dann wären die Ferien zu Ende, und für mich wäre es Zeit, nach Hause zu fahren.

Kapitel 17

*in dem Vilja den Räubern zeigt,
wie man den Räuberbus
aufmotzt*

E s erforderte weitere drei Tage, den einmal ausgeheckten Plan richtig auszuarbeiten. Erst musste ich Kaija die Situation in groben Umrissen auseinandersetzen. Sie war die Einzige, der ich mich anvertrauen konnte, denn die Räuberbergs waren allesamt misstrauisch und beobachteten jeden meiner Schritte mit Argwohn. Wenn ich mit einem von ihnen etwas länger redete, waren alle anderen sicher, dass wir uns gegen sie verschworen.

Als ich Hele am Mittagstisch den Pfeffer reichte, brüllte der Wilde Karlo: »War das ein Zeichen? War das ein geheimes Signal? Ist ein Verräter in unserer Gruppe?«

»Nein, Pfeffer in unserer Suppe«, sagte Hele ruhig.

Kalle kicherte, bis ihm wieder einfiel, dass er ja in allem anderer Meinung war als seine Schwester.

Kaija fand den Plan verwinkelt, und das war er auch. Aber die Logik der Räuberbergs war niemals geradlinig, und deshalb konnte der Plan zu ihrer Rettung es auch nicht sein.

Über Kaijas Festnetztelefon riefen wir ein Taxi, um in die Stadt zu fahren.

»So, ein Taxi«, sagte Hilda scharf. »Meine Fahrkünste passen euch wohl nicht?«

Warum es nicht möglich war, dass sie uns hinbrachte, konnte ich ihr nicht geradeheraus sagen. Aber wenn es zurzeit gefährlich war, den Pfeffer über den Tisch zu reichen, dann ja wohl erst recht, sich von einem von ihnen fahren zu lassen, schließlich waren alle Familienmitglieder bis an die Zähne bewaffnet. Ich hatte es hier mit Räubern zu tun, das durfte ich nie vergessen.

»Warum darf Kaija mitfahren?«, fragte der Wilde Karlo. »WIR haben dich gefunden, nicht Kaija. Wir haben eine Räuberin aus dir gemacht. Sei nicht undankbar!«

Ich versprach ihnen, dass ich alles erklären würde, wenn wir zurückkämen.

»Brüderchen, du musst dich etwas in Geduld üben«, sagte Kaija.

Der Wilde Karlo schnaubte, wandte sich ab und stampfte die Dachbodentreppe hoch. Er hatte Kaija immer noch nicht verziehen, dass sie mir Sachen aus seiner Vergangenheit erzählt hatte.

Als wir das Taxi bestellt hatten, musste ich Hele beide Messer wegnehmen und ihr klarmachen, dass dieses Taxi unter keinen Umständen überfallen werden durfte. Der Rest der Räuberfamilie blieb demonstrativ im Haus, als der Wagen vorfuhr. Der Taxifahrer nahm höflich einen Mäusefurz entgegen und schien sich nicht zu wundern, woher ich einen so großen Schein hatte. Für ihn war ich vermutlich nur ein kleines Mädchen, das mit seiner Oma in die Stadt fuhr. Als er mir vor dem Einkaufszentrum mein Wechselgeld herausgab, verschwand eins der Probleme von meiner langen Problemliste: Das Geld war schon mal nicht gefälscht. Oder wenn, dann war es schrecklich gut gefälscht, und das musste nicht mehr meine Sorge sein.

Bei der Bank richteten wir ein Konto auf Kaijas Namen ein und zahlten den größten Teil der Scheine aus dem Pappkarton darauf ein. Unten im Karton blieben zwei von Gummibändern zusammengehaltene Bündel übrig, die lange reichen würden. Wenn das Geld auf einem Konto lag, konnte es keine unangenehmen Fragen geben, falls der Räuberbus in einen Hinterhalt oder in eine Polizeikontrolle geriet. Wir wurden in der Bank äußerst höflich behandelt. Die Dame an der Kasse bot uns mehrere Broschüren über Aktien und Fonds an, doch wir lehnten dankend ab. Wir baten sie nur, das Konto ans Internetbanking anzuschließen. Dann gingen wir in ein Elektronikgeschäft und kauften zwei Laptops mit mobilem Breitband und eine Digitalkamera. Der Plan erforderte gewisse technische Hilfsmittel.

Als wir so weit gekommen waren, lotste Kaija mich in eine Eisdiele, wo sie mich bat, ihr den kompletten Plan noch einmal von A bis Z zu erklären.

»Nichts auslassen!«, sagte sie, als ich versuchte, ein paar Kleinigkeiten zu überspringen. »Ich muss auch die Einzelheiten verstehen. Ich bin Meisterin im Ränkeschmieden, und trotzdem will mir das mit dieser Abstimmung nicht richtig in den Kopf. Erklär noch mal.«

Beim dritten Mal begann ich schon verstohlen zu unseren Nachbartischen zu schauen, dass bloß niemand uns zuhörte. Ich war jetzt ganz anders als die Vilja, die zu Anfang des Sommers in Papas Auto saß und sich um Lakritzautos zankte. Jenes Mädchen hätte ich jetzt auch gar nicht mehr sein wollen. Ich wollte die Räuberbergs retten. Das wollte ich mehr als irgendetwas anderes in meinem bisherigen Leben.

»Ist das jetzt so ein ... Markenzeichen?«, fragte Kaija und schlürfte den letzten geschmolzenen Rest aus ihrem Eisbecher, wovon sie Schokoladenstreifen an den Mundwinkeln bekam. Sie versuchte räubermäßig dreinzuschauen, beugte sich beim Sprechen über den Tisch, kniff die Augen zusammen und versuchte, mit so rauer Stimme zu sprechen wie ein Räuberhauptmann, aber für mich war sie die rührende Kaija, die Schokolade an der Wange hatte. »Damit prahlt mein Brüderchen doch immer.«

Kaija richtete sich auf und streckte den Rücken durch: »Wenn Joni von Hiidendorf einen teuflischen Plan braucht«, dozierte sie, »zum Beispiel um einen Verdacht von sich abzuwenden oder in einen völlig uneinnehmbaren Burgturm hineinzukommen, kann ich dich von jetzt an immer anrufen und um literarische Beratung bitten. Im Ränkeschmieden bist du noch besser als ich – ein echter Profi.«

»Nur zu«, sagte ich. »Schreiben ist bestimmt schön. Ein leichter Beruf. Man kann den ganzen Tag zu Hause sein.«

Kaija lächelte schief und wackelte mit dem Kopf. *Wenn du wüsstest ...,* schien sie sagen zu wollen.

»Ich dagegen habe langsam das Gefühl, dass das Räuberdasein mehr Spaß macht als Schreiben«, sagte Kaija nun wieder mit Räuberstimme. »Und ab-so-LUT viel mehr Spaß, als in meinem Häuschen herumzusitzen. Das wäre mal ein Schock für Karli, wenn ich sagen würde, dass ich mit will!«

»Na ja, das war nur so eine Idee von mir«, sagte ich etwas verlegen. »Und gar nicht unbedingt die beste.«

Es war mir überhaupt nicht in den Sinn gekommen, dass Kaija sich ganz im Ernst für unsere geheimen Machenschaften begeistern könnte.

»Hauptsache, sie hören auf, sich zu streiten«, sagte Kaija.

Hier endete zum Glück das Gespräch über Kaijas Räuberlaufbahn. Wir bestellten uns noch zwei Eisbecher und machten uns danach fröstelnd auf den Weg, um vielerlei Angelegenheiten zu regeln. Das alles dauerte so lange, dass wir am Abend noch nicht zurück konnten.

»Wo zum Kuckuck seid ihr gewesen«, kreischte Hele mit rotem Gesicht, als wir am nächsten Mittag mit dem Taxi bei Kaijas Häuschen ankamen. »Der Wilde Karlo war sicher, dass ihr der Polizei in die Fänge geraten seid, und wir haben hier schon den Grundriss des Polizeigebäudes aufgezeichnet, weil wir dachten, wir müssten euch retten.«

Ich lachte. »Die Polizei hat keinen Grund, uns festzunehmen«, sagte ich. »Wir haben nur völlig legale und erlaubte Dinge gemacht.«

»Die völlig räubermäßige Zwecke haben«, sagte Kaija.

Wir lachten meckernd, und plötzlich warf Kaija mich auf den Rasen, und ich musste um mein Leben ringen, um mich aus ihrem Schwitzkasten zu befreien. Für eine ältere Frau hatte Kaija Räuberberg stählerne Kräfte.

Am Tag nach unserer Rückkehr lagen drei große und zwei kleinere dicke Umschläge in dem Briefkasten an der Straße.

»EriPrint AG«, entzifferte Kalle. »Vilja, was um alles in der Welt hast du gemacht?«

Die großen Umschläge öffnete ich schon auf dem Weg vom Briefkasten zum Haus. Dann rief ich alle vor dem Haus zusammen. »Bitte sehr, die Lösung für das Problem rosa Räuberbus.«

Die Räuberbergs ließen die drei Umschläge von Hand zu Hand wandern, sichtlich erstaunt.

»Was ist es, was wir hier sehen?«, fragte Gold-Piet. »Wenn man etwas mehr wüsste, könnte man sich vielleicht auch freuen und so 'n Zeug.«

»Sucht euch was aus«, sagte ich und zeigte auf die verschiedenen Stapel. »Totenköpfe. Wirbelstürme und Meteoriten. Monstergespenster.«

»Das sind also so etwas wie Bilder?«, fragte Hilda vorsichtig.

»Das sind Tuning-Aufkleber für Autos«, sagte Kaija stolz. Ich hatte ihr im Eiscafé den richtigen Fachausdruck beigebracht, und sie hatte ihn auf der langen Taxifahrt so oft wiederholt, dass ich sie schließlich bat, damit aufzuhören. »Damit kann jeder seinen Wagen so gestalten, wie er möchte.«

»Totenköpfe«, sagte der Wilde Karlo mit Entschiedenheit. Plötzlich war er wieder der Räuberhauptmann, den ich zu Anfang des Sommers kennengelernt hatte.

»Monstergespenster«, sagte Kalle. »Bitte, Gespenster!«

»Nein, natürlich Totenköpfe«, beharrte der Wilde Karlo. »Solange ich den Befehl über diesen Bus führe, müssen es Totenköpfe sein. Die sind klassisch, haben Stil und erregen Furcht und Bewunderung. Aber wo habt ihr die bloß geklaut?«, fragte er dann und runzelte misstrauisch die Brauen.

Ich faltete die Totenkopfsticker auseinander. Sie waren groß. Zwei, drei Schädel würden für die gesamte Längsseite des Busses reichen.

»Das Beste daran ist, dass sie sich spurlos ablösen lassen.«

Es wurde völlig still.

»Stellt euch vor«, grinste ich. »Ihr klebt die Totenköpfe an den Bus und macht einen Kiosküberfall. Dann rast ihr mit Karacho in eine Nebenstraße und reißt die Aufkleber ab. Nun könnt ihr völlig unbehelligt weiterfahren. Kein Versteckspiel mehr. Jedenfalls wenn ihr daran denkt, während des Überfalls die Autonummer zu verdecken oder zu verschmutzen, sodass niemand euch auf diesem Wege aufspüren kann. Dann suchen alle nach einem ganz anderen Bus.«

»Wow«, sagte Hele.

Ihre Verblüffung war wohl die größte Anerkennung, die ich je von ihr bekommen würde.

»Und dann noch die hier«, sagte ich und schwenkte die zwei kleineren Päckchen. »Für ab-so-LUT dramatische Notlagen gibt es zwei Reservepläne. In dem einen ist ein Haufen Aufkleber mit dem Namen eines Blumengeschäfts und in dem anderen Autogrammaufkleber und das Logo einer Band, damit sieht der Wagen aus wie ein Tourneebus. Wenn ihr wollt, könnt ihr vor dem Polizeirevier parken, ohne dass ihr geschnappt werdet.«

»Ein Markenzeichen«, der Wilde Karlo atmete hörbar ein. »Wir werden die furchterregendste Räuberfamilie in ganz Finnland.«

Gut möglich, dass ihr die einzige Räuberfamilie in ganz Finnland seid, die auf freiem Fuß ist, dachte ich. Das war ein wichtiger Grund für meinen Plan gewesen. Ich konnte die Wut der festgenommenen Räuberbanden fast körperlich spüren. Sie würden alles tun, damit auch die Räuberbergs geschnappt wurden. Ich dagegen würde alles tun, damit es niemals so weit kommen konnte.

»Ist es in Ordnung, wenn ich Hele beibringe, wie ihr mehr Aufkleber bekommen könnt?«

Wie auf Verabredung fingen alle Erwachsenen an, die Totenkopfaufkleber auszupacken und fürs Festkleben glattzustreichen. Gold-Piet und der Wilde Karlo frotzelten wie in alten Zeiten, und der Wilde Karlo knuffte Kaija in die Seite, während er den ersten Sticker aufklebte. Der Streit schien Vergangenheit zu sein, auch wenn noch viele Fragen ungelöst waren.

Kapitel 18

in dem die Räuberei ins neue Jahrtausend gebracht wird

Hele und ich saßen in der Hollywoodschaukel. Der Laptop schwankte auf meinen Knien. Ich hatte ihr gerade gezeigt, wie sie mehr Aufkleber für den Räuberbus bestellen und von Kaijas Konto online bezahlen konnte.

»Okay«, sagte Hele und zog an ihren Fingern, dass die Gelenke knackten. »Erzähl schon.«

»Was denn?«, lachte ich auf. Ich hatte geglaubt, dass sie von all den neuen Informationen völlig erschöpft sein würde.

»Du wolltest mir doch wohl kaum nur diese läppischen Sachen zeigen«, sagte Hele. »Wie legt man sich hier in einen Hinterhalt? Wie hält man jemandem ein

Messer an die Kehle: Bonbons oder Leben?« Sie klopfte auf den Bildschirm des Computers, der aufgeklappt auf meinen Knien stand, und sagte: »Wenn da schon Einkaufsläden drin sind, dann sind doch bestimmt auch ein paar Kioske drin, die man überfallen kann?«

»Wie jetzt?«, sagte ich völlig verblüfft. »Das wäre mir überhaupt nicht eingefallen.«

»Na, dann lass es dir jetzt ganz schnell einfallen«, rief Hele. »Wo Menschen sind, sind auch überflüssige Sachen. Und wo überflüssige Sachen sind, geht es dem Räuber gut. Denk nach!«, befahl sie.

Ich dachte an meinen Vater, der bis spätabends am Computer saß. Er spielte Zweitausend Fragen, das langweiligste Spiel, das ich kannte, aber Papa war darin unschlagbar. Oder er wartete darauf, dass die Zeit für irgendeine Internetauktion ablief, denn er sammelte alte Münzen, je älter, desto besser. Die bewahrte er in seinem Arbeitszimmer in einer Vitrine auf – ein Schatz, dem die Räuberbergs keinerlei Wert beimessen würden.

Wenn Papa bei einer Auktion etwas unbedingt haben wollte, wurde er ein anderer Mensch. »Verflixte automatische Erhöhung!«, schrie er dann. »Aber ich werde dich überbieten!« Und wenn er die Auktion wirklich gewann, vergingen ein paar Tage, und es kam wieder eine neue Münze in einer gepolsterten Pappschachtel, die er aus der Verpackung nahm, behutsam als wäre sie ein Baby. Dann sah er sich die Zähnung und die Prägung mit einem Vergrößerungsglas an und war völlig hingerissen. »Mein kleiner Goldschatz«, sagte er. »Bei Jouni bist du in Sicherheit. Komm, komm. Hier hast du viele, viele kleine Freunde.« Während er redete, legte er die Münze auf die Samtunterlage in der Vitrine und schloss dann ab.

Ich kann mich nicht erinnern, dass er auch nur einmal so zärtlich mit uns Kindern geredet hätte.

»Ich glaube, im Internet laufen Überfälle anders ab«, sagte ich nachdenklich. »Da kann man die Leute nicht durch Einschüchtern dazu bringen, ihr Eigentum herzugeben. Du musst sie dazu bringen, dass sie irgendetwas Albernes unbedingt haben wollen.«

Hele starrte weiter auf den Bildschirm, und in ihrem Gehirn ratterte es ganz offensichtlich. Ich ließ sie nachdenken, stieg aus der Schaukel und ging zu Kaija, um ihr mit dem Abendessen zu helfen. Ich glaubte, dass die Interneträuberei damit abgehandelt war, aber ich hätte natürlich wissen müssen, dass das nicht sein konnte, wenn Hele es anders wollte.

Am Abend waren wir lange in der Sauna in Kaijas Garten. Erst jetzt trauten die Räuberbergs sich wieder zu entspannen, wenn sie beieinander saßen. Nach der Sauna trafen sich alle mit roten Wangen in der Küche und genossen die Wärme des Backofens und den frischgebackenen Ofenpfannkuchen. Gold-Piet erzählte weiter seine alten Raubzüge, mit denen er in der Sauna angefangen hatte.

»Wisst ihr noch, wie wir in Kummola vor dem Polizisten ausgerissen sind?«, sagte er und lachte meckernd. »Dass so ein fetter Mensch überhaupt so schnell rennen kann. Der war bestimmt aus Angst vor seiner Frau so schnell.«

»Aus deren Auto hatten wir Strumpfhosen und hochhackige Schuhe für Hilda gemopst«, sagte Hele.

Hilda lächelte schief.

»Die Dame wollte zum Mittsommertanz«, sagte der Wilde Karlo. »Auf dem Auto stand bloß nicht drauf, dass sie die Frau des örtlichen Polizeichefs war! Und dieser Hobbydetektiv, der unsere Reifenspuren verfolgt hat, bis zu unserem Lager in – wo war das noch mal?«

»Irgendein Dorf in der Nähe von Hanko«, sagte Gold-Piet. »Ich weiß noch, dass ich magenkrank war und dass die Straßen fürchterlich viele Kurven hatten.«

»Der kam wirklich bis direkt an unser Zelt«, sagte Kalle. »Ich war noch ziemlich klein und bin fürchterlich erschrocken.«

»Der Mann sah aus wie ein schief gesessener Campingstuhl«, sagte der Wilde Karlo.

»Völlig HaRei.« Hele stülpte die Oberlippe vor und sagte: »Gebt mir meinen Regenschschschirm schschurück. Die SchSchSchokolade und dasch Eschschen könnt ihr behalten, aber nischt meinen Regenschschschirm, der ischt ein Erbschschschtück.«

Alle lachten lauthals. Hele konnte ja alles gut, aber als Schauspielerin war sie einfach fantastisch.

»Papa nahm ihn beim Schlafittchen und schickte ihn

mit einem Wurf davon«, sagte Kalle stolz. »Den Regenschirm warf er hinterher, den brauchten wir sowieso nicht. Wir hatten ihn als provisorische Zeltstange benutzt, aber dann fanden wir die richtige in einem Schlafsack wieder.«

»Wenn er will, ist er ein starker Mann, unser Vater Bär«, sagte Hilda und wärmte sich die Zehen am Holzofen.

»Jetzt reicht es!«, rief Kaija und sprang auf. »Ich will auch mit! Ich habe es so satt, immer nur eure Geschichten zu hören. Ich komme mit in den Räuberbus. Und wehe, ihr versucht, mich rauszuwerfen! Karli verliert beim Ringen jedes Mal gegen mich. Ich bin keine alte Oma und keine verschrobene Schriftstellerin, die man aus Mitleid zweimal im Jahr besuchen muss. Ich will auch gefährlich leben!«

Da erwachte der gerade eben begrabene Streit wieder zu neuem Leben.

»Kommt überhaupt nicht infrage«, sagte der Wilde Karlo und stand ebenfalls auf. »Hier spielen wohl alle verrückt. Die Kinder wollen befehlen, die Ehefrauen rebellieren, die Schwestern wollen plötzlich schmarotzen, nachdem sie zehn Jahre lang erzählt haben, wie verantwortungslos ich bin, wenn ich das tue, wovon andere nur zu träumen wagen.«

»Jetzt übertreib mal nicht«, sagte Hilda. »Ich habe nur gesagt, es wäre schön, einmal in sauberen Laken zu schlafen. Das kann man wohl kaum Rebellion nennen.«

Mein Plan ging auf. Ich rieb mir unter dem Tisch die Hände. »Hey, hört mal her«, sagte ich. »Ich hätte einen Vorschlag.«

»Also«, der Wilde Karlo breitete die Arme aus, »lass hören. Willst du etwa auch diesen Bus befehligen?«

»Keineswegs«, sagte ich. »Ich möchte euch morgen alle auf einen Ausflug mitnehmen.«

»Juhu«, sagte Kalle, »lasst uns Proviant einpacken!«

»Unter drei Bedingungen«, sagte ich.

»Das Mädchen hat gelernt zu verhandeln«, sagte Gold-Piet. »Die wird noch mal unschlagbar bei solchen Hauptmannssachen. Karlo, pass auf deinen Chefsessel auf.«

»Sag schon«, drängte der Wilde Karlo und schlug sich verzweifelt vor die Stirn. »Das kann ja nicht mehr schlimmer werden. Eine Welt, in der Kinder Bedingungen stellen.«

»Erstens«, sagte ich und hob den Zeigefinger. »Niemand fängt an zu streiten oder den Plan zu kritisieren, bevor ihr alle Punkte gehört habt.«

»In Ordnung«, sagte Hele schnell.

»Gut«, sagte der Wilde Karlo und schaute auf der Suche nach Widerspruch die anderen an. »Ist in Ordnung.«

»Zweitens«, sagte ich und hob auch den Daumen. »Wir nehmen den Räuberbus, und Kaija darf fahren.«

»Hast du einen Führerschein, Kaija?«, staunte Hele.

»Dann komme ich aber nicht mit.« Hilda stemmte die Hände in die Seiten.

»Gerade du musst aber mitkommen«, redete ich ihr gut zu.

»Fahr mit, Mutti«, sagte der Wilde Karlo, ging zu Hilda hinüber und legte ihr den Arm um die Schultern. »Kein Ausflug macht Spaß, wenn du nicht dabei bist. Du sorgst doch erst dafür, dass es stilvoll zugeht bei uns. Dass dein verrückter Mann sich nicht wieder mit allen zerstreitet oder vor Sehnsucht viel zu viel isst.«

»Na gut«, sagte Hilda, die errötet war bei Karlos Worten. »Dieses eine Mal.«

»Jippiii«, riefen Kalle und Kaija gleichzeitig. Als sie es merkten, machten sie High Five.

»Unverschämt gut, Vilja«, sagte Hele und lächelte breit wie die Grinsekatze. »Geschicktes Spiel!«

»Was?«, rief der Wilde Karlo und drehte sich blitzschnell zu ihr um.

»Nichts, Boss«, sagte Hele. »Ich weiß bloß, worauf sie hinauswill.«

»Was ist die dritte Bedingung?«, fragte Kaija und wandte sich an mich. Dabei wusste sie es genau.

»Die dritte Bedingung ist: Wenn der Plan funktioniert und ihr damit zufrieden seid, bringt ihr mich nach Hause. Genau auf den Parkplatz vor unserem Haus und genau in dem Zustand, in dem ihr mich geraubt habt.«

Nun brach ein gewaltiger Lärm los. Ich verließ die Küche und wartete auf der Veranda, bis sie die Sache geklärt hatten.

Nach einer Weile kam Kaija heraus und meldete:

»Sie stimmen zu. Aber Vilja, das Ganze birgt schon ein ziemliches Risiko. Machen wir wirklich das Richtige?«

Im Eiscafé hatten wir alles dreimal durchgesprochen und noch ein paar kleine Änderungen am Plan vorgenommen. Jetzt war es eher der gemeinsame Plan von uns beiden, dennoch lag mir die Verantwortung schwer im Magen.

»Aber wir müssen doch schauen, wie es läuft, oder?«, sagte ich. »Einfach aus Neugier.«

Kapitel 19

in dem ein Ausflug gemacht wird und in dem Vilja ihren großen Plan offenbart

Der mit Totenschädeln verzierte rosa Räuberbus verließ um zehn Uhr am nächsten Morgen die Lichtung vor Kaijas Häuschen. Vorher hatte jeder einzelne Räuberberg versucht, aus mir herauszubekommen, wohin wir fahren würden.

»Spuck's schon aus«, sagte Hele auf ihre direkte Art. Sie hatte mich zum Präzisionswerfen eingeladen, aber ich wusste, dass sie mir Informationen aus der Nase ziehen wollte. »Du möchtest doch bestimmt dein Herz erleichtern und es mir erzählen.«

»Nein, möchte ich nicht«, sagte ich, grinste und warf mein Messer auf die Zielscheibe, die an einer Birke befestigt war. Ich bekam acht Punkte, ohne richtig gezielt zu haben. Ein gewisses Entwicklungspotenzial hatte ich wohl doch.

»Jaja«, lachte Hele. »Ich will es gar nicht wissen.«

»Hast nur mal getestet, ob mir was rausrutscht«, sagte ich.

Hele nickte, und wortlos machten wir High Five. Zu Anfang des Sommers hätte ich nie gedacht, dass ich mit Hele einmal so gut auskommen würde.

»Komme ich in die Schule?«, fragte Kalle mich. »Ist das in deinem Plan irgendwie drin? Oder hast du mich vergessen?« Er fragte mir Löcher in den Bauch, während wir die Schlafsäcke zum Bus trugen. Ich hatte allen gesagt, dass wir auf unserem Ausflug auch übernachten würden.

»Seit dem Streit haben wir uns gar nicht mehr unterhalten, dabei haben wir vorher so viel miteinander geredet. Schade, dass wir nicht mehr nebeneinander schlafen«, sagte Kalle. »Ich habe ein bisschen Angst, dass du wirklich nur an die räubermäßigen Wünsche gedacht hast. Die Sachen, die alle gut finden und die man in einer richtigen Räuberfamilie haben muss. Lach jetzt nicht, aber manchmal frage ich mich, ob du inzwischen auch nur noch die Räuberei wichtig findest, aber so ganz normale Wünsche wie meinen nicht. Du gehst ja sowieso im Herbst wieder in die Schule.«

Wir verluden die Schlafsäcke sorgfältig. Der Bus würde bis obenhin vollgepackt sein, weil neben der normalen Ladung eine zusätzliche Person mitfuhr. Zwei zusätzliche Personen, berichtigte ich mich, denn auch ich gehörte ja eigentlich nicht zur Besatzung dieses Räuberbusses. Aber ich wollte gerne dazugehören.

»Ich wusste übrigens schon, dass du im Herbst nicht mehr hier sein willst«, sagte Kalle. »Wir haben nie darüber geredet, aber ich wusste es doch.«

»Sanft in den ersten, rasch in den zweiten«, sagte Hilda. Sie hatte sich als Dritte auf die vordere Sitzbank gezwängt. Nun hockte sie angeschnallt zwischen Kaija, die auf dem Fahrersitz saß, und dem Wilden Karlo und versuchte so auszusehen, als fühlte sie sich pudelwohl. Hinten hätte sie leicht Platz gefunden, aber das hatte sie strikt abgelehnt.

»Na los, gib schon Gas, lass die Reifen qualmen!«, rief Hilda, als Kaija im ersten Gang langsam anfuhr.

»In meinem eigenen Vorgarten werde ich ab-so-LUT keine Reifenspuren auf den Rasen machen«, sagte Kaija trocken, womit sie Hilda für eine ziemlich lange Zeit zum Schweigen brachte. Karlos Kugelbauch bebte vor lautlosem Lachen.

Kaija und ich hatten uns geweigert, das Ziel der Reise zu verraten. Anfangs versuchten sie, an jeder Kreuzung zu raten, wohin es wohl gehen würde, aber nach vier Stunden Fahrt sanken die Räuberbergs einer nach dem anderen in tiefen Schlaf. Die Schilder kündigten unsere Zielstadt an, aber alle schliefen.

»Ist das hier wirklich eine gute Idee?«, fragte ich Kaija, die sich geschickt in Richtung Stadtmitte einordnete.

»Das hätte schon vor zwei Jahren passieren müssen!«, meinte sie.

»Aufwachen!«, sagte ich sanft, als der Wagen am Ziel angekommen war. Kaija stellte den Motor ab und begann, entsprechend unserem Plan, Kakao an alle verschlafenen Mitfahrer auszuteilen. »Hört mal einen Augenblick zu. Jetzt werden wir eine Unterkunft für die Nacht auskundschaften. Wir nehmen die Schlafsäcke und den Proviant mit nach oben. Dort werdet ihr den Rest des Plans hören.«

Hilda sah sich mit schreckgeweiteten Augen um und stellte den Kakaobecher aufs Armaturenbrett. »Karli«, sagte sie. »Wir sind zu Hause.«

Der Wilde Karlo und Hilda ließen ihre Gurte aufschnappen und stellten sich, ihre dampfenden Becher in der Hand, nebeneinander auf den Parkplatz. Wir waren den ganzen Tag gefahren, es war fast sechs, und der August war so nahe, dass man die Abendkühle schon spürte.

»Der Weihnachtsstern hängt nicht mehr im Fenster«, sagte Hilda.

»Wir gehen nicht in den fünften Stock«, sagte ich. »Erstens war die Wohnung dort nicht mehr frei.«

»Es tut mir leid«, sagte Kaija. »Das haben wir gleich als Erstes herausgefunden.«

»Und zweitens wäre sie viel zu klein für euch gewesen, es waren nur drei Zimmer«, sagte ich. »Stattdessen gehen wir in den sechsten Stock.«

»Was hat das zu bedeuten?«, knurrte der Wilde Karlo. »Was hat das Schreckliches zu bedeuten, Kaija?«

»Lasst uns reingehen«, sagte ich.

Alle tranken schweigend ihren Kakao aus und nahmen dann mit, was sie tragen konnten: Schlafsäcke, Körbe, Kühlboxen. Wir waren so viele, dass nicht alle in den Fahrstuhl passten. Kalle und ich liefen die Treppen hoch bis in den sechsten Stock. Kalle schaute schockiert zu, wie ich einen Schlüssel aus der Tasche zog und die Tür zur Wohnung B 20 aufschloss. Am Briefschlitz stand kein Name.

Ich versammelte alle im leeren Wohnzimmer. Von oben blickte ich hinunter auf den Vorplatz, wo der Räuberbus langsam auskühlte.

»Wer wohnt hier?«, fragte der Wilde Karlo mich. »Jetzt sag nicht, dass ihr irgendwem die Wohnung geraubt habt. So unverschämt wollen nun doch wir nicht werden!«

»Ich«, sagte Kaija. »Vor zwei Tagen hat sich eine gewisse Kaija Reuterberg diese Wohnung gekauft. Ich wohne hier, ob euch das passt oder nicht. Ich habe schon lange gedacht, dass es schön wäre, wieder in der Stadt zu wohnen.«

»Und das Häuschen?«, jaulte der Wilde Karlo auf.

»Was soll damit sein, man wird doch ein Sommerhäuschen haben dürfen«, sagte Kaija. »Aber hört zu. Jetzt werdet ihr erfahren, wie Viljas Plan aussieht.«

Es dauerte lange, bis sie ihre Schlafsäcke auf dem Fußboden ausgebreitet und sich draufgesetzt hatten. Ich blieb stehen, lehnte mich an die Heizung und nahm all meinen Mut zusammen. Dann zog ich mein Notizbuch hervor, obwohl ich ganz genau im Kopf hatte, was darin stand. Jedes kleinste Detail konnte ich auswendig.

»Als Erstes möchte ich euch daran erinnern, dass ihr versprochen habt, euch den gesamten Plan anzuhören, bevor ihr euch dazu äußert«, sagte ich. »Ich fasse noch mal zusammen, was sich jeder Einzelne gewünscht hat.« Ich begann aus meinen Notizen vorzulesen:

Der Wilde Karlo möchte nicht Befehl über einen rosa Räuberbus führen.

»Was das betrifft, hat sich die Lage geändert«, bemerkte ich. »Der Bus ist nicht mehr rosa, sondern trägt immer den Aufdruck, den ihr gerade haben wollt. Bei derselben Firma kann man auch Autolack bestellen, falls ihr eine völlig neue Farbe wollt.«

Der Wilde Karlo möchte weiter Räuberhauptmann sein und die Räuberbergs zur furchterregendsten Räuberfamilie in ganz Finnland machen.
Hilda möchte ab und zu in einem richtigen Bett schlafen.

»Aber auch auf der Landstraße leben und räubern«, fügte ich hinzu.

Hele möchte den Befehl in einem Räuberbus führen.
Gold-Piet möchte, dass alles so bleibt, wie es war.
Kalle möchte in die Schule.
Kaija möchte Räuberin werden. Sie möchte nicht mehr allein in ihrem Häuschen wohnen und wünscht sich, dass sie ihre Verwandten öfter sehen kann.

Hier wollte der Wilde Karlo ein Geschrei anfangen, aber Hilda und Kaija rangen ihn zu Boden, und Hilda legte ihm eine Hand auf den Mund.

»Jetzt kommt der Vorschlag«, sagte ich. Mein Mund war ganz trocken vor Aufregung. »In Zukunft habt ihr zwei Stützpunkte. Der eine ist der Räuberbus, genau wie früher. Der andere ist diese Wohnung. Sie hat fünf Zimmer. Hilda und der Wilde Karlo bekommen eins, Gold-Piet das zweite. Hele und Kalle bekommen jeder ein eigenes Zimmer. Kaija sagt, sie schläft am liebsten im Wohnzimmer, weil das fürs Schreiben am einfachsten ist. Die Wohnung ist auf Kaijas Namen eingetragen, es wird also niemand kommen und Fragen stellen.«

»Und die Räuberei? Was passiert mit der Räuberei, wenn wir nur hier rumhängen?«, rief Hele aus. Sie bemerkte sofort, dass sie ihr Versprechen gebrochen hatte: »Sorry!«

»Die Räuberei wird in zwei Schichten aufgeteilt«, sagte ich. »Die Werktagsschicht haben Hilda, der Wilde Karlo, Gold-Piet und Hele, sofern sie will. Fahrerin ist Hilda und Befehlshaber der Wilde Karlo.«

Alle schwiegen und sahen einander verstohlen an. Kalle blickte zu Boden. Ich sah, wie nervös er war und wie er seine Hand zur Faust zusammenkrampfte.

»Die Wochenendschicht haben Kaija, Hele und Kalle sowie Gold-Piet, sofern er will. Fahrerin ist Kaija und Befehlshaberin Hele.«

»Oh-oh!«, sagte der Wilde Karlo, breitete dann aber großzügig die Arme aus, bevor die anderen ihn zum Schweigen bringen mussten. »Schon gut, lass hören.«

»Wer gerade nicht Räuberschicht hat, macht hier Urlaub. Entspannt sich, schläft in einem richtigen Bett und heckt Pläne aus, mit denen die Räuberei neue Dimensionen bekommt.«

Als ich das sagte, schaute ich besonders Hele und den Wilden Karlo an.

»Außerdem gehen alle, die wollen, in die Schule. Und darüber gibt es keine Diskussionen. Jeder nutzt seinen Urlaub, wie er selbst möchte, es sei denn, es gefährdet die anderen.«

»Dann gibt es noch ein paar Zusatzbedingungen, damit der Plan auch wirklich funktioniert. Erstens: Keine Überfälle in der näheren Umgebung. Die Überfallgrenze liegt hundert Kilometer vom Stützpunkt entfernt. Wenn der Bus enttarnt wurde, wird er neu beklebt. Ist die Lage brenzlig, wird er beim Häuschen oder an einer anderen, im Atlas der Verstecke vermerkten Stelle abgestellt, und die Besatzung fährt auf andere Weise zum Stützpunkt zurück.«

Hele nickte und sah aus dem Fenster. Aus ihrer Körpersprache war nicht abzulesen, ob sie für den Plan war oder ob sie ihn schauderhaft fand.

»Zweitens: Die Schichten konkurrieren nicht miteinander und werden nicht böse aufeinander. Der Sinn der zwei Mannschaften ist, dass Ruhm und Ehre der Räuberbergs wachsen und dass die Räuberei Spaß macht! In den ungünstigen Jahreszeiten ist das Räubern nicht unbedingt nötig, aber sobald man wirklich will, kann man nach Herzenslust Räuberei betreiben.«

Hilda blickte mich an, und ich sah, dass sie gerührt war, obwohl sie möglichst ungerührt dreinblickte, damit der Wilde Karlo es nicht merkte.

»Drittens: Der Plan kann jederzeit geändert werden, aber nur wenn sich alle gemeinsam auf die Einzelheiten geeinigt haben und jeder gerecht behandelt wird. Das wird Kaija überwachen.«

»Darf ich etwas fragen?« Hele hob den Zeigefinger. »Was ist mit dir? Willst du damit sagen, dass du in deine blöde Schule zurückgehst und uns vergisst?«

Ich musste lächeln: »Sofern der Wochenend-Kapitän es erlaubt, kann die Mannschaft bei Raubzügen im Süden des Landes um eine Person verstärkt werden.«

»Also, das war der Plan«, sagte Kaija und klatschte in die Hände. »Jetzt ist die Abstimmung dran.«

So oft ich es auch versucht hatte, diesen Moment hatte ich mir nicht vorstellen können. Sie konnten froh oder enttäuscht oder völlig ablehnend reagieren. Nun, da der Augenblick kam, fühlte ich mich völlig unvorbereitet.

Nichts konnte furchterregender sein.

Kapitel 20

in dem abgestimmt und über die Zukunft von Vilja und den Räuberbergs entschieden wird

Kaija erläuterte das Grundprinzip der Abstimmung. Ich hatte mich auf die Heizung sinken lassen, wo ich jetzt saß. Alle Kraft hatte mich verlassen.

»Es gibt insgesamt sechs Stimmen«, sagte Kaija. »Also Karli, Hilda, Hele und Kalle und dann Gold-Piet und ich. Mit drei Ja-Stimmen wäre der Plan nicht angenommen. Dafür ist eine Mehrheit von mindestens vier Stimmen nötig.«

»Warum darfst du mit abstimmen?«, fragte der Wilde Karlo und runzelte die buschigen Brauen. »Es ist doch klar, dass du für den Plan bist. Und jetzt kannst du ohne jede Diskussion direkt dafür stimmen, dass du miträubern darfst. So soll das also laufen, man kann sich einfach anmelden und muss noch nicht einmal fragen!«

Ich befürchtete schon, dass sein verletztes Selbstwertgefühl den Wilden Karlo daran hindern würde, zu erkennen, wie viele gute Seiten der Plan hatte. Er sah nur, wie sehr die Dinge sich ändern würden.

»Ich bin doch genauso Teil dieser Familie wie Gold-Piet«, sagte Kaija sanft. »Und wenn Kalle in die Schule gehen möchte, während ihr auf Raubzug seid, ist es gut, wenn eine Erwachsene hier bei ihm ist.«

»Lasst uns endlich abstimmen«, rief Kalle. »Ich bin dafür!«

»Ich auch!«, schrie Hele. »Alle müssten doch sofort dafür sein!«

»Eigentlich hatte ich gedacht, wir schreiben Stimmzettel«, sagte Kaija freundlich. »Aber natürlich geht es auch per Handzeichen.«

»Ich stimme so ab wie der Boss«, sagte Gold-Piet.

»Nein, du stimmst für dich selbst«, sagte Hilda scharf. »Am besten gibst du deine Stimme vor ihm ab, dann kannst du dich nicht bei ihm anhängen.«

»Ich stimme für den Plan«, sagte Kaija ruhig. »Er hat viele Vorteile, nicht nur für mich. Im Winter müsst ihr nicht mehr in dem kalten Häuschen wohnen. So einen hohen Preis braucht die Räuberei gar nicht zu haben.«

»Wir haben ja viel Glück gehabt«, überlegte Hilda. »Es war nie jemand ernsthaft krank.«

»Ich bin dagegen!«, brüllte der Wilde Karlo. »Das ist ja wohl völlig klar! Was stellt ihr euch eigentlich vor? Ihr nehmt mir mit eurer Diskutiererei die Macht weg und reißt sie an euch?! Die Hosenscheißer rebellieren, und alle sagen: ›Tolle Idee?‹ Früher haben sie dann wenigstens einen eigenen Wagen gekapert und eine neue Bande gegründet. Jetzt schlagt ihr einen Keil in die eigenen Reihen. Ihr zwingt mich, plötzlich in Rente zu gehen!«

»Nein, nur in den Urlaub«, sagte Hilda. »Du brauchst auch ab und zu Urlaub, sogar du.«

»Wenn du so denkst, Boss, dann bin ich auch dagegen«, sagte Gold-Piet. »Ich weiß, dass du für uns alle das Beste willst.«

Der Plan war drauf und dran zu scheitern, stellte ich fest und kritzelte Blümchen in mein Notizbuch. Die Kinder und Kaija waren dafür, die erwachsenen Männer dagegen, und Hilda traute sich nicht, ihre Meinung zu sagen. Das Ergebnis schien bedrohlich klar: Nichts würde sich ändern; man würde im Räuberbus weiterfahren, nur dass es auf den Rückbänken ziemlich still wäre.

»Kapiert ihr denn nicht«, sagte der Wilde Karlo. »Wenn ich dafür stimme, fährt Vilja doch nach Hause. Sie hat dafür gesorgt, dass wir jene letzte Bedingung fast vergessen haben. Ein geschickter Schachzug, aber jetzt will ich die Nebelschleier zerreißen! Vilja ist gut für uns, sie hilft uns zu denken. Das hier ist der erste Sommer, in dem wir unsere Räuberarbeit tun können, ohne dass Hele und Kalle – entschuldigt –, also ohne dass ihr die ganze Zeit quengelt und rebelliert. Beim Sommerfest hätten wir alle Disziplinen mit Leichtigkeit gewonnen. Wir haben ein Markenzeichen. Eigentlich sogar drei. Wir werden mehr gefürchtet und verehrt als je zuvor. Es gibt keinen Grund, warum ich mit Ja stimmen und Vilja gehen lassen sollte!«

»Hast du nicht gerade gesagt, dass die Jugendlichen rebellieren?«, sagte Kaija ruhig. »Was meinst du denn dazu, dass diese Rebellion ausgerechnet auf Vorschlag von Vilja geschieht?«

»Und wenn Vilja uns hilft zu denken, wieso zum Teufel denkst du dann nicht?«, sagte Hele. »Warum siehst du nicht, wie gut der Plan ist?«

»Wenn deine Stimme nur davon abhängt, dass Vilja geht«, sagte Hilda, »dann stimme ich mit Ja. Es ist Zeit, dass Vilja nach Hause zurückkehrt. Jedes Kind gehört in sein eigenes Zuhause – jedenfalls wenn es selbst nach Hause will. Dann darf auch kein halsstarriger Räuberhauptmann es daran hindern.«

Im Raum herrschte Stille. Der Wilde Karlo blickte auf seine Hände, die er abwechselnd zur Faust ballte und wieder öffnete, so als betrachtete er erstaunt die Macht, die ihm gerade aus den Händen glitt.

»Wir haben gewonnen«, sagte Hele und tanzte vor Freude. »Sieg, Sieg, Sieg!«

»Augenblick mal!«, sagte der Wilde Karlo schroff. »So geht das nicht. Als Räuberhauptmann sage ich: So geht das nicht. Das ging zu schnell. Ihr habt eure Meinung zu schnell gesagt. Früher haben wir nie abgestimmt. Die Dinge waren erst beschlossen, wenn sie beschlossen waren.«

»Ja, Papa, *du* hast alles beschlossen«, sagte Kalle ungewöhnlich laut.

»Wir haben eine Übereinkunft, Karli. Die kannst du jetzt nicht rückgängig machen«, sagte Kaija. »Wenn du nicht in den Augen des Nachwuchses hier deine Ehre verlieren willst.«

»So meine ich es nicht«, sagte der Wilde Karlo. »Es stört mich, wenn ein Beschluss plötzlich von einer Mehrheit gefasst werden soll. Die Busbesatzung der Räuberbergs ist immer EINER Meinung, das muss einfach so sein. Ich ändere meine Entscheidung, und das ist mein volles Recht. Ich behalte mir dieses Recht vor, als derjenige, der den Bus befehligt und als Familienvater und als … als … stärkster Mann. Ich will nicht anderer Meinung sein als Hilda. Ich will nicht, dass wir nachher an diese Abstimmung zurückdenken und sagen: ›Wir haben verloren‹. Einstimmigkeit ist am besten. Allein schon, damit später keiner aufmuckt.«

»Natürlich darfst du deine Entscheidung ändern«, sagte Kaija und warf mir einen Blick zu. »Möchte sonst noch jemand seine Meinung ändern?«

Gold-Piet hob die Hand. »Also, offenbar ist das ja nun eine neue Sachlage, deshalb stimme ich mit Ja.«

»Viljas Vorschlag wurde einstimmig angenommen«, verkündete Kaija und klopfte zur Bekräftigung mit der Hand auf die Heizung.

Ich würde nach Hause zurückkehren, wurde mir klar. Das bedeutete, dass mein Sommer im Räuberbus bald zu Ende wäre.

Kapitel 21

*in dem wir erfahren,
dass Hele einer
neuen Beschäftigung
nachgeht*

Das ist so schwierig!«, seufzte ich, als ich die neuen Regeln an alle Türen der Räuberwohnung und an den Spiegel im Flur klebte. Hele folgte mir und sah sich meine Qualen an, wenn meine Haare sich im Klebeband verfingen oder wenn zum dritten Mal ein Zettel aus meinen verklebten Händen auf den Boden segelte. Wir waren zu zweit in der Wohnung geblieben, während die anderen auf Raubzug gegangen waren. Sie wollten ein paar Teppiche und eine Tagesdecke fürs Bett beschaffen.

Welchen Wert Geld hatte und wie gewaltig ihr Vermögen war, hatten die Räuberbergs immer noch nicht begriffen, und ich war nicht diejenige, die ihnen das klarmachen konnte. Wenn sie ihre Decke unbedingt stehlen wollten und dafür zehn Autos anhielten, dann war das eben ihre Art.

Das Klebeband knüllte sich in meinen Händen zu widerlichen Klumpen zusammen und fing an, mir auf die Nerven zu gehen.

»Du denkst, das hier musst du auch noch machen, bevor du weggehen kannst«, sagte Hele.

»Ich will nicht weggehen«, sagte ich.

»Genau«, sagte Hele. »Deshalb ist es besser, du glaubst, dass wir ohne dich nicht klarkommen.«

Hele hatte den Nagel so dermaßen auf den Kopf getroffen, dass ich laut loslachte.

Sie fing wieder an, mit ihrem Schmetterlingsmesser eine Verteidigungs-Choreographie einzuüben, völlig entgegen Punkt neun der neuen Regeln.

»*Kommt* ihr denn klar?«, gluckste ich, den Tränen nahe.

»Also ganz ehrlich«, sagte Hele und versuchte einige hohe, orientalisch anmutende Sprünge in ihren Bewegungsablauf einzubauen. Ich war neidisch darauf, wie lautlos sie landete – als wären ihre Füße gefedert. »Innerhalb von zwei Monaten wird Gold-Piet bestimmt alles vermasseln. Der ist jetzt, wo er ein Stadträuber werden durfte, total übereifrig. Auch bei den anderen wird es nicht gut laufen.«

Ich hatte das Gefühl, selbst zwei Wochen wären eine ziemlich optimistische Zeitvorgabe.

NEUE, WICHTIGE REGELN
Aufgeschrieben von Vilja

Die Räuberbergs haben nun zwei Hauptquartiere: den Räuberbus und die Wohnung. Um die Wohnung vor der Polizei zu schützen, müssen die folgenden neuen Regeln eingehalten werden:

1) Im Umkreis von hundert Kilometern dürfen keine Überfälle durchgeführt werden.
2) Die Hundert-Kilometer-Regel betrifft auch »Stibitzen«, »Ausleihen« und »Finden«.
3) Die Nachbarn dürfen nicht verfolgt werden, »nur um zu schauen, was sie für eine Wohnung haben«.
4) Der Hausmeister darf nicht wegen Ersatzschlüsseln zu anderen Wohnungen belästigt werden.
5) Kalles Mitschüler sowie persönliche Freunde von Kaija und allen anderen gehören ebenfalls zur überfallfreien Zone, selbst wenn sie mehr als hundert Kilometer entfernt wohnen.
6) Es darf mit niemandem, der nicht zur eigenen Räuberbande gehört, über die Räuberei gesprochen werden.
7) Es darf nicht mit der Räuberei angegeben werden, und es dürfen keine Beispiele oder Witze darüber gemacht werden.
8) Es darf nicht mit dem Räuberei gedroht werden: »... und wenn ein Räuberbus ganz aus Versehen diese schicke Jacke mitnähme ...«
9) Das offene Tragen von Augenklappen, Totenkopf-

flaggen, Messern oder anderen Waffen innerhalb der Sicherheitszone ist verboten.

10) Songs mit räuberischem Inhalt wie »Denn im Wald da sind die Räuber«, »15 Mann auf des toten Manns Kiste« und alle selbstgemachten Räuberlieder sind beim Duschen verboten, da sich Gesang durch die Wasserleitungen in die anderen Wohnungen fortpflanzt.

Endlich hatte ich auch den letzten Zettel festgeklebt.

»Hör auf, dich so zu stressen«, sagte Hele und warf ihr Messer über die Schulter in den Türrahmen, wo es mit zitterndem Griff stecken blieb. »Vielleicht sollten wir gar nicht so ein Zuhause haben wie die meisten Leute. Die Rastlosigkeit sind wir schließlich gewöhnt. Auch Kalle muss einfach akzeptieren, dass es keine Beständigkeit gibt. So ist das Räuberleben. Wann hast du übrigens das letzte Mal Zielwerfen geübt?«, fragte sie besorgt. »Das verlernt man ganz schnell, wenn man nicht trainiert.«

Sie drückte mir das Messer in die Hand, das ich von Kaija bekommen hatte. Wie konnte sie nur wissen, wo ich es aufbewahrte? Dann hob sie die Hand in Wurfstellung:

»Trainiere das schlaffe linke Handgelenk. Du hast zu viel Linksdrall.«

Und so fing ich an, gegen die frisch gestrichene Flurwand Präzisionswürfe zu üben. Die Räuberbergs würden sowieso niemals ganz normal in ihrer Wohnung wohnen, das musste ich mir eingestehen.

Hele schaute mir eine halbe Stunde beim Werfen zu, korrigierte meine Fingerstellung und meine Körperhaltung. Sie war eine überraschend gute Lehrerin. Das Kinn auf den Knien, saß sie scheinbar unbeteiligt auf dem Fußboden, aber sobald ich weniger als eine Sieben warf, schleuderte sie mir sofort eine Korrekturanweisung entgegen.

»Du bist enttäuscht von uns«, sagte sie schließlich. »Deshalb wirfst du so nachlässig. Okay, komm mal gucken.«

Sie ging ins Wohnzimmer und klappte den Laptop auf. Vor zwei, drei Wochen hatte ich ihr erklären müssen, was das Internet war, und nun tippte sie Passwörter und öffnete Browser schneller als ich blinzeln konnte.

»Ich habe den Nutzeffekt mit ein paar eigenen Genialitäten verstärkt«, sagte sie gelassen. »Schau dir die hier an. Du hast keinen Grund zur Sorge.«

Sie zeigte mir ihre Seite in einem Internetauktionsportal. *20 aktuelle Objekte* stand dort.

»Ich habe eine so gute Räuberei angefangen, dass wir bei Bedarf ganz schnell noch ein paar Wohnungen in verschiedenen Gegenden des Landes kaufen können, wenn wir hier nicht klarkommen«, sagte sie. »Man muss die Leute dazu bringen, dass sie irgendetwas Albernes unbedingt haben wollen, hast du doch gesagt. Hier ist ein Beispiel.«

Ich traute meinen Augen kaum. *Objekt 41325545* auf der Seite war eine aufgemotzte Anarcho-Barbie mit dem Markennamen »Bandit-H«, eine rothaarige Puppe mit Irokesenschnitt und dunkelbraunen Haarimplantaten, einem Nackenpiercing und einem ledernen Minirock, in dem ich eine Lederjacke aus einem auf einer kleinen Straße in Kokkola überfallenen Auto wiedererkannte.

»Hundertneunundfünfzig Euro«, stieß ich hervor.

»Und die Frau hier wird mit automatischer Erhöhung bis zweihundert steigern«, sagte Hele ausdruckslos. »Auf eBay gehen die noch besser, der Rekord liegt bei sechshundertzwanzig. Die hat ein Sammler in Deutschland gekauft.«

»Aber wie ...«

»Also, hier steht es nicht, aber auf der Homepage von Bandit-H ist zu lesen, dass die Produkte ausschließlich mit geklauten und gefundenen Teilen aufgemotzt werden. Und dann ist da ein Chatforum, Anarcho-Haltung im Leben und so. Ungefähr tausend Besucher pro Tag.«

Hele öffnete ein paar weitere Seiten, und ich las ein wenig im Chatforum.

»Dieser lila Bereich ist ein geschlossener Bereich. Das Passwort dafür bekommt man, wenn man eine Barbie kauft. Das wollen die aus irgendwelchen Gründen alle unbedingt haben«, sagte sie und schüttelte den Kopf.

»Und ich zeig dir noch was.« Hele ließ die Finger über die Tastatur flitzen. »Rate mal, wer das hier ist?« Sie zeigte auf ein Benutzerprofil. *Beach-Barbie, 22,* stand dort als Name. »Das ist A-Ka Mikkonen vom ›Motor-

Horror vom Schärenmeer‹, und sie würde gerne bei mir arbeiten. Ich habe noch nicht entschieden, was ich tun soll.«

»Dann ist sie jedenfalls nicht verhaftet worden«, sagte ich. »Die Räuberei geht weiter. Mit neuen Mitteln.«

»Aus einem Grund ist es gut, dass du hiervon weißt«, sagte Hele und ließ die Seite blitzschnell verschwinden.

»Das Geld«, sagte ich.

»Mäusefürze haben mich nie interessiert«, sagte Hele schroff. »Kaija kümmert sich mit ihrem eigenen Computer um die Konten und den Versand und alles, ich bin schließlich minderjährig. Mich interessieren nur die Räuberei und der menschliche Charakter.«

Sie machte den Kühlschrank auf, nahm eine Tüte Milch heraus und schaufelte zwanzig Esslöffel Kakaopulver hinein. Dann hielt sie die Tüte zu, schüttelte sie und trank den Kakao direkt aus der Verpackung.

»Aber sag, was soll ich mit den Interviewanfragen machen? Bei der Zeitschrift *Elle* wollen sie einen Artikel über ›die junge Designerin‹ oder so machen. Die haben eine der Puppen aus dem vorigen Monat gekauft. Damit hat der ganze Rummel angefangen. Inzwischen haben sich auch *Image*, *Bravo Girl* und noch ein paar andere gemeldet.«

Genau in diesem Moment ging die Tür auf, und die lärmende Räuberbande kam nach Hause.

»Wir haben den Teppich gekriegt!«, schrie Kalle.

»Der Boss wollte schon aufgeben, aber ich habe gesagt, jetzt lass uns doch rasch noch in den Kofferraum schauen – und da lagen welche, schön aufgerollt. Dieses BeWe hat echt einen praktischen Nutzen!«

»Tür zu!«, schnauzte Hele. »Tür zu, bevor ihr hier so rumschreit, ihr verflixten Amateure!«

Kapitel 22

*in dem nach Art der
Räuberbergs eingekauft wird*

Ich hatte es wirklich gut gemeint. Den halben Tag lang lag jemand mit dem Räuberbus irgendwo auf der Lauer, denn in der Räuberwohnung war noch viel einzurichten. Ich wollte ihnen eine praktischere Art und Weise zeigen, wie sie sich zumindest Lebensmittel beschaffen konnten, aber ich hätte die Räuberfamilie besser kennen müssen, um zu wissen, was geschehen würde.

Natürlich mussten sie einkaufen, redete ich mir ein. Solange Kaija in ihrem Häuschen wohnte, hatte sie ja einen Kühlschrank voller Lebensmittel für die Familie bereitgestellt und Kastell-Senf und superhartes Knäckebrot für ein halbes Jahr dagehabt. Sie hatte all die

Grundnahrungsmittel eingekauft, von denen die Räuber lebten, während sie auf ein mit passenden Delikatessen beladenes Auto warteten. Aber die Schulferien gingen zu Ende, immer weniger Leute waren in den Sommerhausgegenden unterwegs, und die Wagen waren nicht mehr so mit Lebensmitteln beladen wie zu Anfang der Ferien. Jetzt strömte der Verkehr in die andere Richtung. Alle hatten Kisten mit roten Johannisbeeren oder Plastiktüten voller Äpfel bei sich. Die Ernte des Sommers war auf dem Weg in die Gefrierschränke der Stadtwohnungen, aber als Essen für einen Räuberhauptmann taugte sie nicht. Der Wilde Karlo brauchte Wurst, Eier, Fleischklößchen und Piroggen auf seinem Knäckebrot. Er weigerte sich, länger als ein oder zwei Tage von total geschickt geraubten Tütensuppen zu leben.

Mein Instinkt funktionierte zum Glück insoweit, als mir klar war, dass das Ganze furchtbar in die Hose gehen konnte. Deshalb nahm ich die Räuberbergs nicht in den Einkaufsladen um die Ecke mit, sondern wir fuhren fünfzig Kilometer zu einem größeren Supermarkt auf der grünen Wiese.

»Schön, dass wieder einmal alle mitfahren«, sagte Hilda, als sie den P-Schildern zum Parkplatz folgte. »So hat der Bus das richtige Gewicht.«

»Und man rutscht auch nicht so auf den Sitzbänken rum, wenn kein freier Platz ist«, sagte Kalle. »Viljas grünes Gesicht hatte ich wirklich schon vermisst!«

»Ich bin nie reisekrank!«, rief ich und wollte einen

Ringkampf mit ihm anfangen, doch da wurde mir klar, dass ich diese Tour leiten musste.

»Das hier ist kein Raubzug«, erklärte ich ihnen zum vierten oder fünften Mal. Ich stand auf dem heißen Parkplatz vor ihnen wie ein Kommandant vor seiner Truppe. »Das hier ist kein Markenzeichen und hat nicht den geringsten Hauch von Gesetzlosigkeit. Wir ziehen Erkundigungen ein.«

»Genau, Erkundigungen«, sagte der Wilde Karlo sachkundig. »Das ist ab und zu sehr sinnvoll. Habe ich das nicht gesagt, Piet, vor fünf Sommern? Da haben wir mit Karilahti unsere Methoden verglichen, vor dem Sommertreffen. Wir haben sozusagen gegenseitig voneinander Erkundigungen eingezogen, denn man lernt ja durch das Tun. Aber Karilahti wurde am Ende des Sommers geschnappt, der hat nicht durch das Tun gelernt.«

»Steck das Messer weg, Hele!«, befahl ich. »Jetzt sagt es jeder laut und deutlich: Das hier ist kein Raubzug.«

Sie schworen es mir im Chor, zuletzt kam Gold-Piets langgezogenes: »keein Raaubzuug«.

»Lasst uns endlich losgehen«, sagte Hilda.

Die Familien, die in Schrittgeschwindigkeit neben uns einparkten, elegant aus ihren Autos stiegen und gesittet auf den Haupteingang zugingen, verwirrten Hilda. Nach ihrer vom Wettkampfinstinkt geprägten Sichtweise waren wir mit einem guten Vorsprung gestartet, hatten ihn aber durch unnötiges Zögern vertan.

»Erst müssen wir uns verkleiden«, sagte ich und teilte die Sachen dafür aus.

Im Badesachenkorb hatte ich überschüssige Beuteteile von den letzten Raubzügen eingesammelt: Sonnenbrillen, Halstücher, Schirmmützen mit Werbeaufdruck. Für Hele gab es eine pinkfarbene Schirmmütze, die sie jetzt angewidert in den Händen hielt.

»Und die hier!«, sagte ich und gab ihr eine schrille Sonnenbrille, die schmal zulief wie die Augen einer Katze.

»Das ziehe ich wirklich nicht an!« Der Wilde Karlo hielt mit spitzen Fingern ein Hawaiihemd mit Palmenmuster hoch, das wir als provisorische Gardine für das Rückfenster benutzt hatten.

»Boss, ich kann es nehmen«, sagte Gold-Piet aufopferungsvoll.

»Da drin sind Überwachungskameras, und falls, FALLS, irgendetwas schieflaufen sollte, dann soll kein Wachmann oder Polizist, der sich die Aufzeichnungen ansieht, euch erkennen können.«

»Sieh mal an, Mädchen«, sagte Kaija bewundernd und stützte sich auf Heles Schulter, während sie ihren Sommerrock in eine neongrüne Fahrradhose stopfte.

»Das brauchst du nicht«, rief ich aus. »Die Hose ist nur für den Notfall!«

»Wenn hier alle wie die Clowns aussehen, will ich auch«, sagte Kaija entschieden.

Als wir uns endlich zum Haupteingang in Bewegung setzten, musste ich mir wirklich auf die Zunge beißen, so verrückt sahen sie aus. Aber gerade so sahen ja die Familien aus, die in der Sommerhitze vom Baden kamen. Allerdings trug weit und breit kein anderer Familienvater eine Damenbluse mit tiefem Ausschnitt und um die Taille zu bindenden langen Zipfeln, die Karlo nicht zusammenknoten konnte, sondern als fröhliche Wimpel hinter sich her flattern ließ. Ich versuchte, mich selbst zu trösten: Selbst wenn wir Heiterkeit erregten, würde doch niemand auf die Idee kommen, dass wir Finnlands meistgesuchte Räuberbande waren.

»So, hier kann man sich Einkaufswagen holen«, erklärte ich. »Die braucht man, um alles Mögliche Essbare darin zu stapeln.«

»Klingt gut«, sagte der Wilde Karlo.

Jeder nahm sich einen Wagen, obwohl ich versuchte, ihnen klarzumachen, dass ein oder zwei pro Familie ausreichten. Die Einkaufswagen verursachten einen kleinen Stau, als der Wilde Karlo bestimmte, dass alle gemäß der Rangordnung hintereinander zu gehen hatten, er selbst natürlich als Erster. Auf dem Weg zur Gemüseabteilung sahen sie eher wie eine lange Eisenbahn aus, nicht wie die Ferienfamilie, als die ich sie hatte verkleiden wollen.

»Nicht im Gänsemarsch«, zischte ich. »So geht hier keiner! In einem Supermarkt muss man umherstreifen. Schaut euch um, alle gehen, wo sie wollen. Vielleicht ist es am besten, wenn jeder allein geht und jeweils das tut, was er am besten kann.«

Ich stoppte die Einkaufswagenkarawane und erklärte ihnen ruhig, wie sie Gemüse und Brot, Fleisch und Aufschnitt, Milch, Frühstücksflocken und die Bonbontheke finden konnten.

»Da oben an der Decke hängen Schilder«, sagte ich. »Damit findet man die Waren. Oder man kann einen Verkäufer fragen. Treffen wir uns zum Schluss bei den Süßwaren? Da wollen ja sowieso alle hin.«

»Treffpunkt Süßwaren«, wiederholte Hele, um zu zeigen, dass sie meine Anweisungen verstanden hatte. Dann holte sie mit ein paar Sprüngen Schwung und surfte auf dem Einkaufswagen dem Menschenstrom entgegen. Als hätte sie das ihr ganzes Leben schon gemacht.

Allmählich verschwanden alle in verschiedene Richtungen.

Kaija und ich blieben zurück und begannen die nötigen Waren zusammenzusuchen: Knäckebrotpackungen, große Stücke Butterkäse, Fleischwurstringe, Baconscheiben, Eier. Ich erinnerte mich kaum noch, was ich mit meinen Eltern immer eingekauft hatte. Vanamo wollte nur Lightprodukte und fettfreien Joghurt haben, aber an den Süßigkeiten kurz vor der Kasse konnte sie nicht vorbeigehen. Was ich damals erbettelte, weiß ich gar nicht mehr. In meiner Erinnerung lief ich widerwillig hinter meinem den Einkaufswagen schiebenden Vater her, als gehörte ich nicht dazu. So vieles würde sich ändern, wenn ich nach Hause zurückkehrte ...

Unser Wagen füllte sich langsam.

»Lass uns mal die Runde machen und nachsehen, wie die Männer zurechtkommen!«, schlug Kaija vor. »Jedenfalls hat es noch keinen Alarm gegeben.«

Wir gingen an der Brotabteilung vorbei und schlugen die Richtung zu Fleisch und Aufschnitt ein. Ich war ganz sicher, Gold-Piet und den Wilden Karlo dort zu finden. Sie würden gutes Grillfleisch in den Einkaufswagen kippen, bis er überlief. Aber Fehlanzeige – in der Abteilung war niemand Bekanntes zu sehen.

»Dann kann er wer weiß was kaufen!«, sagte Kaija mit unheilschwangerer Miene. »Karli ist nicht mehr einkaufen gewesen seit …«

Im Nachbargang erscholl ein gewaltiges Krachen. Die Verkäuferin am Milchregal schaute kurz her, vertiefte sich dann aber wieder ins Ordnen ihres Regals. Wir gingen andersherum, rannten fast. Zwischen den Konservenregalen fanden wir den Wilden Karlo, der rot im Gesicht war. Weiter weg sah ich Gold-Piet, der hinter einer älteren Dame hertrippelte, eindeutig mit der Absicht, sie zu beklauen. Als die Frau sich abwandte, um eine Dose Gurkensalat aus dem Regal zu nehmen, schnappte sich Gold-Piet eine Packung Kaffee aus ihrem Wagen und kam damit zu uns gerannt. Er schwenkte den Kaffee mit lautlosem Jubel in der Luft, als hätte er gerade einen Weltrekord beim Marathon aufgestellt.

»Das ist ja wahnsinnig schwierig!«, keuchte der Wilde Karlo. »Furchtbar viele Leute, sehr kurze Zeitfenster. Man braucht Kondition.«

»Man muss wissen, was man haben will«, sagte Gold-Piet selbstbewusst und legte die Kaffeepackung in Karlos Wagen. »Und flink sein.«

Im Wagen lagen nur wenige Lebensmittel.

»Vilja, ich bin nicht sicher, ob das hier wirklich weniger Zeit erfordert als Autoüberfälle«, sagte der Wilde Karlo.

»Habt ihr etwa gedacht, dass man anderen Leuten das Essen klauen muss?«, sagte ich bestürzt.

Also fingen wir mit den beiden noch einmal ganz von vorne an.

Auch die anderen hatten die Sache gründlich missverstanden. Hilda hatte ihren Einkaufswagen gegen einen interessanteren eingetauscht, der die Einkäufe einer fremden Familie enthielt. Neben Grundnahrungsmitteln fanden sich darin auch Gläser mit Babynahrung, die sie gerade hinauswarf, als ich dazukam. Hele dagegen war ins Hinterzimmer geschlichen und hatte die Schlüssel und die Arbeitspläne des Personals in die Finger bekommen. Kalle war fasziniert von den Überwachungskameras und hatte das Einkaufen völlig vergessen. Als ich ihn fand, starrte er aus nächster Nähe in eine Kamera und verfolgte gebannt, wie sie sich langsam drehte. Ich konnte mir gut vorstellen, wie viele Nahaufnahmen von seinem Gesicht auf dem Film zu sehen sein würden.

»Das wird nichts!«, sagte ich zu Kaija.

»Ach was«, tröstete sie, »irgendwann ist es für jeden das erste Mal.«

Nach zwei schweißtreibenden Stunden und immer neuen Verhandlungen und Berichtigungen hatten die Räuberbergs die Kassen erreicht. Es war ein ruhiger Zeitpunkt am Nachmittag, und es gab keine Schlangen.

»Bist du sicher, dass du das alles brauchst?«, fragte ich Hilda. In ihrem Wagen lagen jetzt hohe Stapel Knäckebrot und mehrere Paletten Kastell-Senf.

»Oh ja!«, rief sie und legte die Hände schützend über ihre Einkäufe.

Kalles Wagen war voller verschiedener Bonbontüten und Kekspackungen. Der Wilde Karlo hatte schließlich Bratenfleisch und Bacon gefunden.

Ich schaute besorgt zu Kaija hinüber, die ermutigend nickte. »Selbst wenn sie den ganzen Laden leerkaufen wollen, geht das in Ordnung«, sagte sie. »Das Geld dafür haben sie.«

Ich wollte alle heranwinken, damit wir die Wagen hintereinander durch eine Kasse schleusen konnten. Zum Schluss würde Kaija mit ihrer Geldkarte alles bezahlen.

Aber genau in diesem Moment stieß der Wilde Karlo einen Räuberschrei aus: »In Formation aufstellen!«

Alle Räuberbergs schwärmten aus, bildeten eine Reihe und setzten grimmige Mienen auf.

»Im Laufschritt marsch!«

Genau gleichzeitig rannten alle fünf los, auf die Kassen zu und hindurch. An allen fünf Kassen heulten die Alarmanlagen los. Die Schnallen an Heles Kampfstiefeln klirrten, als sie ihren Wagen im Laufschritt durch den Hauptausgang auf den Parkplatz schob.

»Ach du meine Güte«, sagte Kaija. »Und dabei ist Rennen wirklich nicht meine Stärke.«

Hele wartete an der Tür auf uns, die sich automatisch nach außen öffnete. Kalle hatte eine gewaltige Kette von ineinandergeschobenen Einkaufswagen losgemacht und rollte sie im Eiltempo auf die Tür zu. Hele und Kalle schoben die Wagenschlange so vor die Tür, dass sie nicht mehr aufging. Das würde die Verfolger ein bisschen aufhalten. Aber nur ein bisschen.

»Los, rennt!«, schrie Hele und raste an uns vorbei.

Ich nahm Kaija bei der Hand und zog sie hinter mir her. Dann winkte ich Kalle, er solle uns überholen.

Als Kaija und ich den Bus erreicht hatten, lief der Motor schon, und alle Türen standen offen. Hele und Kalle schaufelten Waren zur Seitentür hinein, während der Wilde Karlo und Gold-Piet den Inhalt zweier voller Einkaufswagen einfach in den Bus kippten. Wurst, Schokolade und Senf flogen durch die Luft.

Als ich Kaija bis zur Bustür bekommen hatte, halfen die anderen uns beim Einsteigen. Ich sah drei Wachmänner und eine Verkäuferin, die endlich über die Einkaufswagenbarrikade geklettert waren und schreiend auf den Bus zu rannten. Auf dem Parkplatz war ein riesiges Durcheinander. Aus umgestürzten Einkaufswagen rollten Käseschachteln, Filetstücke und Schokoladentafeln heraus. Unser Abgang war alles andere als sauber.

Ich griff mir ein kleines Bündel Scheine aus dem grauen Pappkarton und ließ sie aus der offenen Seitentür in den Wind segeln. Dann knallte Hele die Tür zu.

»Hey, die funktionieren!«, sagte der Wilde Karlo verblüfft. »Jetzt wissen wir, wie Mäusefürze funktionieren. Bei Bedarf bringen sie die Leute zum Erstarren. Wenn man sie so flattern lässt.«

Ich blickte aus dem Fenster. Die Wachmänner waren völlig darauf konzentriert, die Scheine einzufangen, die im Luftzug des Busses auf dem Asphalt umherwirbelten.

»Danke für den Einkauf!«, schrie ich.

Der Verkäuferin, die verdutzt stehen geblieben war und hinter uns her starrte, winkten wir freundlich zu, während wir davonrasten.

Kapitel 23

in dem Vilja auf einem wohlbekannten Parkplatz ankommt

Drei Tage nach dem Supermarktbesuch weckte ich die Räuberfamilie mit dem Duft von gebratenem Speck, Eiern und im Ofen gewärmten Fleischpiroggen. (Ehrlich gesagt wurden die Piroggen etwas dunkler als beabsichtigt, weil ich mich darauf konzentriert hatte, die Eier in der Pfanne zu wenden, was überraschend schwierig war.) Kaija war mit mir zusammen früh aufgestanden. In zwei Tagen hatte sie Deadline für ihren neuesten Herta-Sonne-Roman. Sie saß in ihrem rosafarbenen Schreib-Morgenmantel am Tisch, schaute mir beim Kochen zu und flüsterte leidenschaftliche Dialoge vor sich hin, die sie dann in den Computer hämmerte. In den zwei Wochen hier in der

Wohnung hatten wir beide festgestellt, dass die Morgenstunden die beste Zeit waren, um in Ruhe irgendetwas zu tun. Wenn alle aufgewacht waren, brachen Lärm und Chaos los.

»Nanu«, sagte der Wilde Karlo, der im Pyjama aus dem Schlafzimmer kam und sich begeistert den Bauch rieb. Der Duft der angebrannten Piroggen hatte auf ihn gewirkt wie ein schrillender Wecker. »Willst du mit Hilda um den Job der Proviantmeisterin konkurrieren? Übrigens, mir wird's jetzt bestimmt gut schmecken, das war eine denkwürdige Nacht. Ich habe wunderbar in dem großen Kleiderschrank geschlafen. Das Schnarchen, über das sich die Dame ständig beklagt, war nicht zu hören. Kein winziges Schnärcherchen, denn dazwischen war die Schranktür! Ein lebender Beweis für das, was ich immer sage«, strahlte der Wilde Karlo. »Gib einem Räuberhauptmann ein Problem, und er wird es lösen!«

Hilda kam hinter ihrem Mann in die Küche und bedeutete Kaija und mir mit einem drohenden Blick, dass sie nicht über das Schrankexperiment der vergangenen Nacht sprechen wollte.

»Bitte sehr, übernimm du den Koch-Job«, sagte Hilda zu mir und gähnte genüsslich. »Dann kann ich mich voll auf das Fahren mit überhöhter Geschwindigkeit konzentrieren.«

Gold-Piet hatte unser Gespräch offenbar gehört und kam angeschlurft, wobei er sich verschlafen die Achselhöhlen kratzte.

»Gut geschlafen?«, fragte ich.

»Na ja«, sagte er und machte ein schmatzendes Geräusch. »Das Schlafen fühlt sich ziemlich anders an, wenn einem nicht der Wind unter dem Hintern durchweht.«

Hilda wandte den Kopf zu den Schlafzimmern: »Kinder, aufstehen, Vilja hat Frühstück gemacht. Daran könnt ihr euch auch ein Beispiel nehmen. So könnt ihr uns Erwachsene freudig überraschen.«

»Quatsch«, sagte Kalle und streckte und räkelte sich im Türrahmen. »Im Räuberbus lässt du uns dann wieder nichts mehr machen.«

In diesem Moment kam Hele zur Wohnungstür herein. Sie hatte schon beim ersten Hahnenschrei einen morgendlichen Kundschaftergang gemacht.

Ich rief auch Kaija zu Tisch, die mitten in einem Streit ihres Liebespaares steckte. Ich hatte sie verstohlen beobachtet. Manchmal legte sie sich die Hand auf die Stirn und sah aus, als wollte sie in Ohnmacht fallen, was offensichtlich die Rolle der jungen Frau in diesem Buch war, und manchmal stellte sie sich breitbeinig hin und gestikulierte raumgreifend mit einer Hand, während sie die andere in die Seite stemmte. Dann sprach wohl die Hauptperson, der unglückliche Joni von Hiidendorf. Ich hatte noch nie gesehen, wie eine Schriftstellerin arbeitet, und fand es sehr merkwürdig und faszinierend.

»Warum kriegen wir denn so ein Festessen?«, fragte Gold-Piet, als ich voll beladene Teller vor ihnen hinstellte. »Wüsste ja gerne, wozu ich jetzt gratulieren darf.«

Ich knallte zwei Tuben Senf auf den Tisch und überlegte, wie ich anfangen sollte. Es durfte nicht fragend oder bettelnd rüberkommen. Ich musste einfach ansagen, wie die Lage war.

»Jetzt seid doch nicht so blöd«, sagte Hele. »Ist doch klar. Vilja will zurück nach Hause.«

Sie war wirklich das schlaueste Mädchen, das ich kannte.

»Dabei fällt mir ein«, fügte Kalle hinzu, »am Mittwoch fängt die Schule an. Mir fehlen übrigens noch zwei Bücher.«

Der Wilde Karlo hatte sich ein gewaltiges Knäckebrot beladen, das sich unter dem Gewicht von Eiern und Wurst bog, aber als er Heles Worte hörte und mein Gesicht sah, legte er es zurück auf den Teller. Es war das erste Mal, dass er sich beim Essen unterbrach. Noch zu Beginn des Sommers durften unangenehme Dinge nicht beim Essen besprochen werden. Die Erinnerung an mein erstes Frühstück im Freien überfiel mich plötzlich und mit einer brennenden Sehnsucht. Es kam mir vor, als wäre jener Junimorgen Jahre her.

»Hat Hele recht?«, fragte der Wilde Karlo. »Ach, wie dumm ich bin. Hele hat doch immer recht. Dann wirst du also heute gehen?«

Seine Stimme klang piepsig und dünn und ängstlich. Es ging mir gewaltig zu Herzen, dass er mich so sehr zu mögen schien. Ich nickte.

»Ich hatte schon geglaubt, du hättest wieder neues Interesse bekommen«, sagte der Wilde Karlo. »Wo du jetzt zusammen mit Hele ein eigenes Zimmer hast und alles. Und zwei Mannschaften für die Raubzüge ...«

Seine Stimme brach, und Tränen flossen ihm über die Wangen. Hilda stand auf und holte ein Küchenhandtuch, das sie ihrem Mann reichte. Der Wilde Karlo wischte sich damit die Augen. Es waren so viele Tränen, dass ein normales Taschentuch sofort ein nasser Fetzen gewesen wäre. Als er sich die Augen getrocknet hatte, schnäuzte er sich leidenschaftlich und gab das Tuch Hilda zurück.

»Kinder gehören dahin, wo sie zu Hause sind«, sagte Hilda, als sie vom Wäschekorb zurückkam. »Das siehst du doch auch so. Stell dir vor, wenn Hele den Sommer über irgendwo anders wäre. Oder Kalle.«

»Ich will nicht nach Hause«, sagte ich mühsam. »Aber jetzt ist der richtige Zeitpunkt, zu gehen.«

»Aber mein Schatz, niemand hindert dich«, sagte Kaija. »Wenn eine Frau gehen muss, geht sie.« Es war deutlich zu sehen, dass sie dabei an die Frau dachte, die sich in einer Turmkemenate mit Joni stritt.

Wir beendeten die Mahlzeit schweigend. Während ich auf meiner Wurst herumkaute, stellte ich mir vor, wie ich vom Tisch aufstehen und in Heles und mein Zimmer gehen würde, um zu packen. Die meisten Sachen, die damals aus unserem Auto geraubt worden waren, gehörten Vanamo; die wollte ich gar nicht anrühren. Was ich mitnehmen wollte, waren Erinnerungsstücke, die sich im Laufe der Zeit angesammelt hatten. Mein Notizbuch, das inzwischen abgewetzt und beinahe vollgeschrieben war. Das Messer, das Kaija mir geschenkt hatte. Das gedruckte Programm vom Räubersommerfest. Ein Wurstspieß, den ich vom ersten Lagerfeuerabend aufbewahrt hatte, als ich noch dachte, ich würde in ein paar Tagen frei sein.

»Na, dann gehe ich mal packen«, sagte ich.

Ich wusste schon, dass meine Sachen kaum den Hello-Kitty-Rucksack füllen würden. Das Einpacken würde höchstens zwei Minuten dauern.

»Sachen packen!«, sagte der Wilde Karlo im Befehlston. »Abfahrt in fünf Minuten!«

Alle standen der Reihe nach vom Tisch auf. Kaija begann, das Geschirr einzusammeln, während alle anderen in ihre Zimmer rannten.

»Was ist denn nun los?«, fragte ich.

»Selbstverständlich wird der gefürchtetste Räuberbus in ganz Finnland dich bis vor deine Haustür bringen«, sagte der Wilde Karlo. »Das war doch so vereinbart. Außerdem bin ich einfach zu neugierig. Wenn Kalle ab Mittwoch in die Schule geht, ist das jetzt die letzte Gelegenheit für uns, so richtig ordentlich räubermäßig zu sein!«

»Einen Überfall auf dem Hinweg, Boss, ja?«, sagte Hele und kam mit einem perfekt gepackten Rucksack auf dem Rücken in den Flur. Sie hatte sogar eine Isomatte obendrauf festgeschnallt, für den Fall, dass wir unterwegs übernachten würden. »Bitte, einen ganz kleinen nur!«

Auf dem Weg zu mir nach Hause hielten wir nur ein einziges Auto an. Hele witterte Nachschub für ihren Barbiepuppen-Vorrat. Die alten Barbies, die an den Galgenschnüren gehangen hatten, hatte sie ja inzwischen verkauft, und wenn der Bus nicht völlig nackt aussehen sollte, mussten neue her. Kalle bekam ein Mathebuch, zufällig genau das richtige aus der Reihe, die in seiner Schule benutzt wurde.

»Ach, wie ärgerlich«, sagte er beim Blättern. »Wir werden wohl trotzdem eins kaufen müssen. Das hier ist verhunzt. Da hat ja schon jemand alle Aufgaben gemacht.«

Ich schaute mir das Buch an, um zu sehen, was für ein Versager es wohl ausgefüllt hatte. Doch die Rechenaufgaben waren alle richtig gelöst. »Na ja, es ist nicht ganz verhunzt«, grinste ich. »Das verstehst du erst später, aber du wirst einmal sehr froh über dieses Buch sein.«

Auf halber Strecke lag ein Videoverleih. Ich ließ sie zum letzten Mal ihren Süßigkeitenvorrat auffüllen, bevor sie sich wieder mit der normalen Räuberei würden begnügen müssen. In dem Laden war es außergewöhnlich voll, die Sommerurlauber waren wieder in der Stadt, Jugendliche suchten in den Regalen nach Horrorfilmen, Paare, die sich im Sommer verliebt hatten, nach romantischen Filmen und Familien mit Kindern nach Zeichentrickfilmen. Ich hatte nur Hele und Gold-Piet mit hineingenommen. Meine Liste war kurz: Toffeelastwagen, Himbeerboote und gute alte Pfefferminzbonbons. Die Laster und Boote waren für Hilda, die nach allen Verkostungen in diesem Sommer endlich ihre Lieblingskombination gefunden hatte. Die Pfefferminzbonbons, solche gestreiften, kissenförmigen, waren das Einzige, was Kaija bei ihrem Roman helfen konnte. Wenn sie die lutschte, mit Wollsocken an den Füßen, schloss sie die Augen und wusste sofort, was der Held Joni von Hiidendorf tun musste. Würde er bei der langhaarigen Schönen bleiben und sie auf ewig lieben, oder würde er seine abenteuerliche Reise als gut aussehender Vagabund mit düsterem Blick fortsetzen? Kaija wusste es zwar noch nicht, aber uns anderen war längst klar, wie der Roman ausgehen würde. Selbstverständlich würde Joni weiterreisen. Wie sollte sonst der nächste Herta-Sonne-Roman entstehen?

Ich fand einen interessanten Buddeltisch mit ausrangierten Videokassetten, die ich mir genauer ansah. Zwischendurch warf ich einen Blick zu Hele und Gold-Piet, ob sie mich beobachteten. Aber wie üblich interessierten sie sich nur für die Bonbons. Ich konnte meinen Einkauf machen, ohne dass sie etwas bemerkten.

Ich sah, wie Hele sich routiniert einen ganzen Stapel Papiertüten nahm. Sie hielt eine Tüte auf, nahm eine Kunststoffbox voller Salmiakflöhe einfach in beide Hände und schüttete den Inhalt in die Tüte. Die Verkäuferin neben mir sah nervös aus, aber ich beruhigte sie. »Alles in Ordnung. Bei uns sind bloß die Portionen etwas größer.«

Einige Kinder, die an einem Regal standen und Zeichentrickfilme ausgesucht hatten, waren erstarrt und beobachteten Hele.

»Was ist?«, sagte sie und ahmte die glotzenden Kinder nach.

Mit einer routinierten Bewegung klappte sie die beiden nächsten Boxen auf und begann, mit beiden Händen Lakritz- und Fruchttoffees in die Tüten zu schaufeln. Eine sehr effektive Mischung für einen gemütlichen Abend, kann ich verraten. Danach tut einem zwei Tage lang der Kiefer weh.

Plötzlich schluchzte Gold-Piet auf. Mit fliegenden Schritten war er am Ende der Reihe von Bonbonboxen, blieb kerzengerade stehen und fiel schließlich vor einer Box auf die Knie.

»Dass ich dich endlich gefunden habe«, rief er. »Du hast meinen Glauben auf eine harte Probe gestellt, ich hab schon gezweifelt, ob es dich überhaupt gibt, aber hier hast du ja die ganze Zeit gewartet!«

Dann umarmte er die Box lange, als wäre sie ein verloren geglaubter Freund. Die Mütter begannen ihre Kinder von Gold-Piet weg in Richtung Kasse zu führen.

»Jaja, wir nehmen beide, du kriegst die Eisenbahngeschichte und das Eichhörnchen«, sagte eine Mutter zerstreut und starrte den Mann an, der zärtlich den Deckel einer Süßigkeitenbox streichelte.

»Ich wusste, dass du am Ende einer dieser Straßen auf mich wartest, wenn ich nur fest daran glaube«, stammelte er und drückte einen feuchten Kuss auf den Deckel des Bonbonkastens.

Die Verkäuferin stöhnte angeekelt auf. »Wer soll denn jetzt noch was davon kaufen?«

»Wir kaufen alles«, sagte ich mit gedämpfter Stimme.

»Hele«, rief Gold-Piet. »Komm mal gucken. Ein ganzer Kasten Alienkotze!«

Auf der Box, die Gold-Piet in den Armen hielt, stand: »*Reste bitte hier rein! Werden jeden Freitag gemahlen.*«

Wir gingen zum Bus und rissen die anderen aus dem Mittagsschlaf. Nur Hilda war sowieso wach und trommelte ungeduldig aufs Lenkrad. Sie wirkte enttäuscht, dass keine blitzartige Flucht bevorstand. Ich warf dem Wilden Karlo eine Tüte voller Toffees zu, in die er sich sofort mit hungriger Wut hineingrub.

»Da kommen übrigens nur ganz wenige mit Süßigkeiten raus«, sagte der Wilde Karlo und stocherte sich die ersten Toffeereste aus den Backenzähnen. »Das ist mir richtig aufgefallen, ich hatte schließlich Zeit, die Leute zu beobachten, wo ihr so entsetzlich lange da drin wart.«

»Da gibt es ja auch Eis«, sagte Kalle mürrisch.

»Kein Problem, Schatz, wir überfallen noch einen Kiosk, dann bekommst du ein Eis«, sagte Kaija zu mir und zwinkerte mir zu.

»Ich habe eine Überraschung für euch. Aber die braucht etwas Zeit, deshalb fahren wir noch nicht sofort weiter«, sagte ich. »Erst mal bauen wir ein bisschen auf.«

Ich bat Kalle und Gold-Piet um Hilfe. Aus dem Stauraum unter der hintersten Rückbank holten wir einen kleinen tragbaren Fernseher und einen VHS-Videorekorder, die zur Beute der letzten Woche gehörten. Der Wilde Karlo hatte die Geräte wegwerfen wollen, aber ich hatte ihn zum Glück daran hindern können. Ich bat Kalle, den Halter für den Fernseher im Bus zu befestigen. Er passte perfekt an die eingebaute Hutablage bei der Rückbank.

Der Fernseher war sehr klein, ein Modell, wie man es viel auf Flohmärkten und Dachböden finden konnte, denn heutzutage mussten Fernsehgeräte ja wie große gerahmte Gemälde aussehen. Als Nächstes würden sie vielleicht als Bücher oder Briefumschläge getarnt.

»Das hier ist ein Videorekorder«, sagte ich und befestigte ihn sicher auf der Hutablage. »Und das sind Videokassetten. Alle mit dem richtigen Thema und offenbar ganz unten aus dem Lager, Buchstabe R: *Der Rote Korsar, Robin Hood, Der Räuber Hotzenplotz, Der Raubzug der Wikinger.*«

»Und was macht man damit?«, fragte Hele. Natürlich wollte sie sich vor allen anderen die neue Technik aneignen.

»Das erkläre ich, wenn wir da sind«, sagte ich. »Es ist so etwas wie ein Abschiedsgeschenk. Damit vergeht die Zeit besser. Es ist für die langen Abende gedacht, wenn ihr irgendwo im Hinterhalt liegt. Oder für Wintertage, an denen ihr in hohen Schneewehen festsitzt und nichts anderes habt außer Zeit.« Dann hatte ich alles angeschlossen und sagte: »Fertig. Lasst uns losfahren.«

Hilda, die nur auf das Zeichen gewartet hatte, trat das Gaspedal durch, und wir setzten uns wie in alten Zeiten mit quietschenden Reifen in Bewegung. Unterwegs aßen wir Bonbons und frotzelten herum. Manchmal vergaß ich ganz, dass ich auf dem Weg nach Hause war und bald nicht mehr mit ihnen fahren würde.

»Piet hat die Bonbontauschwette gewonnen«, sagte Hele.

»Das Spiel brauchen wir nicht mehr zu spielen. Alienkotze würde man ja niemals gegen etwas anderes eintauschen. Nichts auf der Welt kann Alienkotze schlagen!«

Ich schaute aus dem Fenster, und plötzlich erkannte ich die Gegend. Da war das Ärztezentrum, wo wir einmal meinen Finger schienen ließen, den ich mir beim Rodeln gebrochen hatte.

»Hier scharf links«, sagte ich zu Hilda. »An der Bücherei vorbei und dann an der Schule vorbei, da fängt der Paukenweg an, der zu unserem Haus führt.«

»Ist das deine Schule?«, fragte Kalle.

Ich nickte.

»Sind wir schon so nahe?«, fragte der Wilde Karlo traurig. »Bald steigst du aus. Wie werden wir nur ohne dich zurechtkommen?«

»Sehr gut!«, sagte Kaija. »Hör nicht auf mein Brüderchen, der redet im Grunde immer Unsinn.«

Der Bus bog in den Paukenweg ein, und vor uns tauchten Hochhäuser auf.

»Das zweite Haus«, sagte ich. »Halt hier auf dem Parkplatz an.«

Der Räuberbus beschrieb eine scharfe Kurve und blieb schwankend stehen. Ich machte die Seitentür auf und sprang hinaus. Da stand ich auf dem Parkplatz, unserem Parkplatz. Jetzt konnte ich mir vorstellen, wie es Hilda und Karlo Räuberberg ging, als sie nach so langer Zeit vor ihrem Haus gestanden hatten. Ich sah Vanamos Fenster, die Vorhänge waren zugezogen. Bestimmt hörte sie in ihrem Zimmer Musik und telefonierte, wie immer, wenn es acht Uhr wurde. In meinem Zimmer waren die Vorhänge offen. Von dort hätte jemand auf den Bus hinunterschauen und mich beobachten können, während ich überlegte, wie ich den Mut zusammenbekäme, meine Sachen zu nehmen und tatsächlich ins Haus und in den Fahrstuhl und in unsere Wohnung zu gehen.

»Noch kannst du dich anders entscheiden«, sagte Hele, als ich zum Bus zurückkam. Ich nahm meinen Rucksack. Sie breitete in einer großmütigen Geste die Arme aus. »Hey, wir nehmen es dir nicht übel, wenn du hier am Ziel plötzlich sagst: ›Nö, interessiert mich doch nicht.‹ Wir verstehen das alle. Uns hat es auf jeden Fall gutgetan, ein bisschen durch die Gegend zu fahren.«

»Du kommst doch klar, oder?«, fragte Kaija.

»Es ist am besten so«, sagte Hilda, aber sie sah mich nicht an, sondern starrte durch die Windschutzscheibe nach vorn. Ich sah, dass ihr zum Weinen war.

»Das ist einfach nur schrecklich!«, sagte Kalle. »Ich

hatte gedacht, es würde großartig sein, aber es ist einfach nur schrecklich.«

»Zu Anfang des Sommers hätte ich mir nicht träumen lassen, dass ich das mal sagen würde, aber ich sage es trotzdem: Es war toll, mit dir zusammen Raubzüge zu machen und so 'n Zeug«, sagte Gold-Piet feierlich. »Wir haben alles im Stil der großen Welt und nach dem Regelbuch gemacht. Diese Busbesatzung hat dir viel zu verdanken.«

»Melde dich mal«, sagte Hele und überreichte mir eine der aufgemotzten Barbiepuppen aus der Serie, die sie kurz vor dem Sommerfest geraubt hatte. »Über Bandit-H kannst du mir auch private Mitteilungen schicken. Der Code ist hier auf ihrem rechten Oberschenkel eintätowiert.« Sie bückte sich, um etwas aus einer Seitentasche des Busses zu holen. »Und nimm die hier mit!«, sagte sie leichthin. »Besser du trainierst ordentlich, damit du dich nächstes Mal nicht rausreden musst!«

Ich brauchte die Papierbögen nicht auseinanderzufalten, um zu wissen, was es war: Heles Zielscheiben fürs Messerwerfen. Zu Hause würde ich das Messer sicher nicht direkt in die Wand werfen dürfen, ich musste mir eine andere Methode ausdenken. Ich steckte die Zielscheiben in meinen Rucksack und versuchte, die richtigen Abschiedsworte zu finden. Alle wirkten bedrückt und traurig.

Kalle hielt sein Mathebuch hoch und nickte zum Abschied. Er war zu traurig, um zu sprechen.

»Einen guten Schulanfang, Kalle!«, sagte ich.

»Will es denn wirklich keiner sagen?«, rief der Wilde Karlo und schniefte. »Ihr Memmen, soll ich euch so schlecht erzogen haben? Na, dann sage ich es eben selbst, ich sage jetzt alles, als Kapitän dieser Bande und als Ältester und als Familienvater: Geh nicht, Vilja! Diese Bande ist mit dir so viel besser. Wer wird Notizen über uns machen und die Lage analysieren und, und, und ... Niemand von uns will, dass du gehst, auch wenn wir alle so räubermäßig cool tun!«

»Papa«, sagte Hele. »Nicht.«

Karlo Räuberberg schluchzte auf. Dann schluchzten alle, manche ganz offen, andere, während sie helemäßig aus dem Fenster schauten und tapfer taten.

»Sehr geehrte Räubergemeinschaft der Räuberbergs«, sagte ich schließlich. »Gemäß unserem gemeinsam geschlossenen Abkommen möchte ich mich jetzt versichern, dass ihr am ersten Juni nächsten Jahres wieder auf genau diesen Parkplatz kommt, um mich zu rauben. Also, haben das alle bis in alle Einzelheiten verstanden?«

»Ja«, sagte Hele und sah mich direkt an. Man konnte ihr überhaupt nicht ansehen, wie sehr sie eben noch geweint hatte. »Ja, das haben wir.«

»Ach!«, sagte der Wilde Karlo erfreut. »Ach so?«

Er streckte die Hand aus, um von Hilda ein Küchenhandtuch zu bekommen. Er trocknete sich damit das Gesicht und schnäuzte sich sorgfältig.

Ich mochte nicht genauer hinschauen, was danach

mit dem Handtuch gemacht wurde. »Das ist ja ein guter Plan.«

»Brüderchen, wann wirst du endlich lernen, dass nichts, was mit Vilja zu tun hat, ein schlechter Plan sein kann«, sagte Kaija. »Nun geh schon, Mädchen, sonst gehen uns noch die Handtücher aus.«

»Eins noch«, sagte ich und nahm eins der Videobänder von der Hutablage. »Vielleicht fangt ihr am besten mit dem Räuber Hotzenplotz an. Der bringt euch zum Lachen, ganz sicher.«

Ich nahm die Kassette aus der Hülle und gab Hele die Gebrauchsanweisung für den Rekorder. Sie würde wissen, was zu tun war, wenn der Film zu Ende war.

»Na dann: Tschüs euch allen!«, sagte ich. »Ich wünsche euch einen kurzen Winter. Wir sehen uns am ersten Juni nächstes Jahr.«

Dann drückte ich auf PLAY und verließ den Bus.

Epilog

Auf dem Weg vom Parkplatz zum Fahrstuhl

Das war der beste Sommer meines Lebens. In diesem Sommer bin ich eine Straßenräuberin geworden.

Ich habe gelernt, wie es ist, an einem Seeufer das Frühstück aus einer heißen Pfanne zu essen. Ich habe gelernt, wie kalt eine draußen verbrachte Nacht sein kann.

Ich bin jetzt ein Mädchen mit einem eigenen Markenzeichen und hab die besten Kniffe gelernt, um aus Kofferräumen zu stibitzen und am helllichten Tag Überfälle zu fahren.

Ich habe gelernt, ein Messer zu werfen, gemein zu sein und durch meine Zahnlücke zu pfeifen. Ich werde nie mehr das Mädchen sein, das die Chorprobe oder die Geigenstunde am nächsten Tag herbeisehnt.

Ich sehne den nächsten Sommer herbei.

Schließlich haben sie mir versprochen, dass sie mich wieder rauben werden – sie brauchen mich nämlich.

LESEPROBE

Willst du wissen, ob Vilja auch im nächsten Sommer wieder von den wilden Räubern entführt wird?

Lies einfach weiter in:

VILJA UND DAS RÄUBERFEST

Die Sommerferien beginnen für die elfjährige Vilja mit dem Allerschlimmsten: Sie muss ins Musik-Ferienlager! Nichts als Geigenunterricht, Möhrengemüse und Langeweile. Doch Rettung naht, als Vilja von der Familie Räuberberg mitten aus der Geigenstunde geraubt wird. Jetzt beginnt für sie der wahre Sommer, mit wilden Raubzügen, jeder Menge Süßigkeiten und dem abenteuerlichsten Ereignis im Leben eines Räubers – dem großen Räubersommerfest!

Kapitel 3

in dem ein Brief Kopfzerbrechen verursacht

Wir fuhren in Richtung Tor. Ich saß in dem klappernden, hin und her schaukelnden, vollgestopften Räuberbus und sah all die vertrauten Gesichter um mich herum. Es fühlte sich an, als hätten meine Sommerferien jetzt angefangen – und zwar alle Sommerferien zur selben Zeit! Endlich hatte ich mein Räuberleben zurückbekommen, und ich konnte mein breites Grinsen nicht mehr länger zurückhalten. In diesem Augenblick öffnete der Wilde Karlo seine Arme und brüllte vor Glück. Ich brüllte zurück, die Hoffnungen und Rückschläge des ganzen Winters brachen aus mir heraus, und mein Schrei war nicht wirklich viel leiser als der des Räuberhauptmannes. In einer überwältigenden

Umarmung drückte er mich an sich, seine prankenähnlichen Hände quetschten mich dabei so sehr, dass ich ein paar Sekunden lang keine Luft mehr bekam.

»Was für ein Tag!«, donnerte der Wilde Karlo los. »Erst ein Kiosküberfall und dann eine Ferienlagerentführung! Und unser Mädchen ist zurück! Das ist SO schön, dass der Räubertag gar nicht mehr besser werden kann!«

»Sagenhaft, dass du hier bist«, sagte Kalle in seiner kallemäßigen ruhigen Art, auch wenn ich merkte, dass selbst er gerührt war. »Sagenhaft, unbegreiflich, unglaublich toll!«

»So ist es«, krächzte ich und versuchte Heles Blick aufzufangen. »Danke!«

Ich merkte, dass mich Hele wegen des lärmenden Busses überhaupt nicht richtig hören konnte. Mein ohrenbetäubendes Freudengeschrei hatte mir für einen Moment komplett die Stimme geraubt.

Mittlerweile rasten wir am Häuschen des Verwalters vorbei. Als er uns sah, rannte er auf die Außentreppe und ließ den Schäferhund von der Leine. Dieser hetzte bellend hinter uns her, konnte aber mit Hildas gewohnt rasantem Fahrstil nicht mithalten und entfernte sich, kaum dass wir das Tor passiert hatten, allmählich immer mehr.

»Hey, der Boss der Pärnänens beschattet uns«, witzelte Gold-Piet. »Gerade versucht er uns kläffend zum Anhalten zu bringen, kann aber nicht mit unserem Tempo mithalten!«

Der Wilde Karlo packte gleich noch einen Witz obendrauf. Schließlich ging es seit Jahren zwischen den Räuberbergs und den Pärnänens um nichts weniger als den Platz als furchterregendste Räuberfamilie in ganz Finnland: »Der Conny sieht ja noch besser aus, als ich ihn in Erinnerung hatte. Vielleicht ist es die etwas längere Sommerfrisur, die sein hässliches Möchtegernräuber-Gesicht verdeckt?!«

»Also, die Bonbon-Spende eben war schon irgendwie ein schöner Anblick ...«, sagte Kalle zu mir. »Die werden uns nicht vergessen, niemals!«

»Das befürchte ich allerdings auch«, murmelte ich. Papas Ader an der Schläfe würde bestimmt anfangen zu pochen, wenn plötzlich ein Anruf seinen sommerlichen Frieden störte. Genau in dem Moment, wenn er mit seiner Arbeit fertig geworden war, seinen Sommerhut auf den Kopf gesetzt und seinen Ordner mit der Ahnenforschung geöffnet hatte, begann die Tochter zu rebellieren.

Der Schäferhund gab bald seine Verfolgungsjagd auf und fiel in ein gemächliches Dahintrotten. Sein schwarz-braunes Fell war vom Schmutz der Landstraße ganz grau geworden.

»Jetzt ist Connys Frisur voller Sand«, kicherte Gold-Piet. »Friss Staub, du P-Westen-Vollidiot!« Die Räuberbergs hatten sich schon immer über das Symbol der Pärnänens – eine Weste mit einem weißen »P« drauf – lustig gemacht.

»Die erste Verfolgungsjagd in diesem Sommer!«, verkündete der Wilde Karlo stolz. »Jetzt, da Vilja wieder bei uns ist, können wir alles schaffen!«

»Wie um alles in der Welt wusstest du, was zu tun ist?«, fragte ich Hele.

»Du hast mir ja alle nötigen Informationen gegeben«, antwortete sie. »Durch die in deiner Mail vom Computer gespeicherte IP-Adresse erfährt man so ziemlich genau den Standort, von wo aus die Nachricht verschickt wurde. Mit dem Namen des Ferienlagers konnte ich mich in den schlecht geschützten Bereich hacken, in dem die Betreuer die Stunden und Veranstaltungen planten. Da war nix mit Sicherheitsvorkehrungen! Wer würde schon ein Geigen-Ferienlager überfallen?«

»Siii-cher, wer schon?!«, sagte ich, und vor lauter Lachen traten uns die Tränen in die Augen.

»Und dann brauchte ich nur noch einen guten Plan!«, fuhr Hele fort.

»Fingerübungen!«, mischte sich ihr Vater in unser Gespräch ein. »Es ist nur gut, wenn wir jetzt ein bisschen trainieren. Dann verfallen wir wenigstens nicht in sommerliche Trägheit, schließlich beginnen ja auch bald die Wettkampftage!«

»Wir waren uns alle einig: Man musste dich so rasch wie möglich da rausholen, bevor du noch mit irgendwelchen Klassikmusik-Monstern und Möhrenspeisekarten langsam zugrunde gehst!«, grinste Hele. »Das Ende ist Geschichte – nach Räuberart!«

»Guter Spruch!«, begeistert schlug Gold-Piet seine Hände zusammen. »Den merk' ich mir! Die passende Gelegenheit kommt bestimmt!« Er überlegte kurz. »Ja, das sagt man dann, wenn einen etwas scheinbar nix angeht und man eine Sache mittendrin abbricht: ›Das Ende ist Geschichte – nach Räuberart!‹ Hoho!« Seine Begeisterung wurde immer größer, dann machte er sogar noch eine Karatebewegung. »Das ist ein kräftiger Schlag gegen das Zwerchfell und so'n Zeug.

Da wird dann übrigens die weiße Flagge gleich aus mehreren Gründen gehisst!«

»Hoho!« Der Wilde Karlo geriet nun ebenfalls ganz außer sich. »Pärnänen, Pärnänen, zeig dein Gesicht, unserer Rache entgehst du nicht!«

Hilda versuchte, nicht zu lachen und konzentrierte sich darauf, den schlingernden Bus auf dem Schotterweg zu halten. Auf beiden Seiten des Straßenrandes grasten Kühe.

»Wo ist eigentlich Kaija?«, dämmerte es mir plötzlich.

»Sie hat uns das hier mitgegeben«, sagte Kalle und bückte sich, um einen Brief aus seiner Tasche zu holen. Ich sah, dass auch er mittlerweile einen Schulranzen besaß. Auf der Seitentasche war das Bild einer Spinne, aber sonst sah er ziemlich genauso aus wie mein eigener. Mit pochendem Herzen nahm ich den Brief aus seiner Hand. Hoffentlich standen keine unangenehmen Nachrichten darin!

Automatisch ging ich davon aus, dass es welche geben müsste. Vielleicht schrieb Kaija, dass sie ihre Meinung geändert hatte? Vielleicht hatte sie gemerkt, dass die Räuberei doch nicht so ihr Ding war, und sie sich stattdessen lieber nur noch auf das Schreiben ihrer romantischen Romane konzentrieren wollte?

Am Ende des letzten Sommers hatte ich eine Idee gehabt, die das Leben der Räuberbergs in Ordnung bringen sollte. Kaija hatte Jahr für Jahr ihren Bruder, den sie selbst Karli nannte, in ihrer Waldhütte aufgenommen und sich wehmütig die spannenden Geschichten vom Räuberleben ihrer Verwandtschaft angehört. Einer meiner Vorschläge hatte aus ihr die Wochenend-Fahrerin der Wochenend-Befehlshaberin Hele gemacht. Diese neue Aufgabe ließ sie an dem aufregenden Leben der Familie teilhaben, und ihr Traum ging damit endlich in Erfüllung!

Auch wenn ich damals mit meinem großen Plan das Leben der Räuberbergs ganz schön durcheinandergewirbelt hatte, wusste ich nicht, was danach passiert war. Ich hatte nie erfahren, welche Folgen meine Idee gehabt hatte.

Liebe Vilja,

du hättest eine große Umarmung verdient, weil du es endlich wieder an Bord des Räuberbusses geschafft hast! Ich kann mir vorstellen, oder eigentlich weiß ich durch Hele, wie schrecklich die Herbst- und Wintermonate für dich gewesen sein müssen. So ein hundsgemeines junges Fräulein wie Vanamo Vainisto habe ich mir nicht mal in meinen eigenen Büchern ausmalen können, weil niemand solche unverschämten Gemeinheiten glauben würde. Die eigene Schwester!
Ich bin nicht bei euch im Bus, weil ich mich genau in diesem Augenblick in einem Flugzeug über dem Atlantik befinde. Der erste Herta-Sonne-Roman, »Der nach Geißblatt duftende Wandersmann«, soll in Amerika als Buch veröffentlicht werden. Mein Agent hat die Geschichte sogar schon in Hollywood angeboten. Stell dir nur mal vor, wenn Joni von Hiidendorf nun auch auf der Leinwand lebendig werden würde!
Hältst du mich über die Seite von Bandit-H den Som-

mer über auf dem Laufenden? Hele hat mir gezeigt, wie das Ganze funktioniert, als ich sie zu sehr mit meinen Fragen nach dir nervte. Nach Mittsommer komme ich zurück nach Finnland. Wenn es die Situation verlangt, scheue dich nicht, mich zu kontaktieren!
Viele Grüße
Deine Räuber-Patentante Kaija
P.S.: Der Bäckermeister hat sich verändert.

Ich versuchte meine Enttäuschung darüber, dass sie nicht hier war, herunterzuschlucken. Kaija war im letzten Sommer ziemlich wichtig für mich geworden, denn sie schien noch am ehesten verstehen zu können, wie ich mich fühlte – so irgendwo zwischen der Räuberei und meinem ganz normalen Leben.

»An dem ›P.S.‹ sieht man schon, dass die Frau schon wieder eine Idee für ein neues Buch hat!«, sagte Hele. »Die Sprache ist mal wieder total geheimnisvoll.« Natürlich hatte sie die Nachricht gelesen!

»Was bedeutet das ›P.S.‹?«, wunderte ich mich laut.

Kalle las den Brief über meine Schulter hinweg. »Das ist irgendein Rätsel«, vermutete er. »Allerdings hab ich keine Ahnung, was es bedeuten könnte.«

»Das ist auch gar nicht der Sinn der Sache, dass wir diejenigen sind, die 'ne Ahnung haben!«, platzte es aus Hele heraus. »Der Code ist extra so gemacht, dass nur Vilja ihn zur rechten Zeit knackt, weil Kaija natürlich von Anfang an wusste, dass wir ihre Nachrichten lesen. Aber hey!«, sie breitete entschuldigend die Arme aus. »Wir sind junge Räuber. Es wurde uns beigebracht, uns immer ganz anders zu verhalten, als es die Vorschriften sagen. Natürlich *müssen* wir all das machen, was ganz besonders verboten ist!«

Wir waren einen Waldweg entlang zu einer schönen Lichtung gefahren, wo wir das Lager für diese Nacht aufschlugen. Das Feuer knisterte vor sich hin. Kalle hatte das Moos um das Lagerfeuer herum sorgfältig mit Wasser benetzt, sodass der trockene Wald nicht wegen eines Feuerfunkens zu brennen anfangen könnte.

»Wir müssen uns dringend etwas überlegen!«, flüsterte er, als sich die anderen in ihre abendlichen Arbeiten vertieft hatten. »Das geht einfach nicht, dass wir uns nur im Sommer sehen. Ich bin nicht so ein ... Sommermensch.« Er suchte nach den richtigen Worten und spielte im Schein der Flamme mit den Fingern an seinen Zehen herum. »Das ist ein bisschen so wie mit der Schule«, fuhr er fort. »Wenn der letzte Schultag ist, und man alle europäischen Flüsse auswendig gelernt und den Radius des Kreises berechnet hat, dann weiß man, dass man ohne das Ganze niemals wieder sein kann. Ich würde dir so gerne immer gleich erzählen, wie verrückt es gerade in der oder der Stunde war. Du bist die Einzige, die das verstehen kann, und ich will nicht das ganze Jahr über darauf verzichten!«

»Ich hab' auch Sehnsucht gehabt ...«, sagte ich, steckte zwei Stückchen Wurst auf das Stöckchen und hielt es in Richtung des Lagerfeuers.

»Wir haben alle Sehnsucht gehabt!«, mischte sich Hilda so plötzlich in unser Gespräch, dass ich zusammenzuckte.

»Bei uns ist alles drunter und drüber gegangen«, fügte Gold-Piet hinzu. »Wir haben einfach immer von allem zu viel geklaut, weil wir nicht daran gedacht haben, dass bei uns ja einer fehlt.«

»Herrlich ...«, seufzte ich. Das Glück drehte sich wie ein warmer Ball in meiner Magengrube. Ich war eine von ihnen! Wie sehr hatte ich mich auf das Treffen mit der Räuberfamilie gefreut und gleichzeitig Angst gehabt, dass sie mich vergessen könnten. Sie hatten ja ihr eigenes seltsamwunderliches Leben voller Abenteuer.

»Herrlich?«, fragte der Wilde Karlo bestürzt. Anscheinend hatte auch er das ganze Gespräch mit angehört. »Schrecklich war das!«

»Spätestens bis Oktober hatte dieser Mann so eine Sehnsucht bekommen, dass er dich schon vom Schulhof klauen wollte!«, sagte Hilda sanft.

»Schnapp – man hätte dich und deinen Rucksack nur an Bord nehmen müssen!«, warf der Räuberhauptmann ein.

»Ich wäre natürlich ganz freiwillig mitgekommen!« Ohne auch nur einen Gedanken an meine besorgten Eltern zu verschwenden, wäre ich sofort in den Räuberbus gestiegen!

Die Räuberbergs plapperten alle munter zur gleichen Zeit und scharrten sich in einem engen Kreis um mich und meinen Würstchenspieß herum. Sie erzählten, wie Kaija für einen Teil des Herbstes zurück in ihre Hütte gezogen war, weil sie nicht in einem Hochhaus mit rauschenden Rohren schreiben konnte. Oder wie Gold-Piet eine Pfütze unter seine Hängematte geschwitzt hatte, bis Hilda ihm erklärte, dass man in einem Hochhaus im Winter keine drei Wollpullover tragen müsste, so wie in den dünnwandigen Hütten ihrer früheren Winterquartiere. Hele erzählte, wie es immer schwieriger geworden war, die hundert Kilometer um den Stützpunkt herum als raubfreie Zone beizubehalten, wenn in jedem Auto die Weihnachts-Schokoladen funkelten.

»An Heiligabend schlug ich vor, dass wir dich als Weihnachtsgeschenk für unsere Familie klauen sollten!«, sagte der Wilde Karlo. »Und als Ostergeschenk! Und als Himmelfahrtsgeschenk!«

»Erst im Frühjahr überlegten wir uns einen Trick, wie wir mit der Sehnsucht besser klarkommen konnten«, fuhr Hilda fort. »Wir redeten so, als ob du hinter irgendeiner Ecke verborgen säßest: ›Also jetzt würdest du bestimmt wieder etwas in dein Notizbuch kritzeln.‹ Das machte alles einfacher.«

»›An dieser Stelle würde dich Vilja ganz lange anschauen‹, würden die hier sagen«, sagte der Wilde Karlo.

»Ach nee, warum denn WIR?«, unterbrach ihn seine Tochter. »Du warst es doch, der die ganze Zeit wiederholt hat ›Machen wir doch hieraus eine viljamäßige Analyse!‹«

»Naja, genau so eine Analyse brauchen wir jetzt aber wirklich, weil hier nämlich alles Mögliche passiert ist!«, sagte Gold-Piet mit ernster Miene. »Der Große Pärnänen ist gestorben …« Seine Stimme bebte feierlich.

Sowohl Hele als auch Hilda traten ihm im selben Augenblick auf den Fuß.

»Lass das jetzt, Vilja isst noch!«, sagte Hilda. »Sie ist ja auch ganz abgemagert, weil sie von ihrer Mutter nur irgendwelchen SteuZa-Salat zu Essen bekommen hat.« Sie reichte das Tablett rüber, auf dem Wurst, Fleischklößchen, große Würstchenpasteten und natürlich Knäckebroträder aufgeschichtet waren. Richtige, vernünftige Räuberbrot-Portionen.

»SteuZa?«, fragte ich und stopfte noch mehr Wurst in mich hinein. Ich war im siebten Himmel! Ich hatte zu Hause versucht, Würstchen in der Pfanne zu braten, aber auf einem echten Feuer gegrillt hatten sie einen ganz anderen Geschmack, eben ein bisschen angebrannt.

»*Steuerzahler*«, Hele betonte das Wort überdeutlich, so als würde sie eine fremde Sprache aussprechen. »Das ist die menschliche Zielgruppe der Räuber. Als Untergruppe gibt es die GaRei, beziehungsweise die *Ganz-Reichen*, die HaRei oder *Halb-Reichen*, bei denen man die fetteste Beute macht, und dann die Ökos, beziehungsweise die Künstler oder einfach nur die Alternativen Typen.«

»Die Autos von denen sind voll mit Aquarellfarben und Weizenkeimsaft und Transparenten, von denen hat man aus räuberischer Sicht überhaupt keinen Nutzen!«, meinte Kalle verächtlich.

»Man kann nie wissen, wann man ein gutes Transparent braucht«, widersprach ihm Hele, grinste aber dabei.

»Anarchistin!«, ärgerte sich Kalle.

»Hausaufgaben-Hampelmann«, antwortete seine Schwester herausfordernd. Sie sahen aus, als würden sie gleich anfangen, miteinander zu raufen. Offensichtlich wollten sie mich aber als Dritte dabei haben.

»Kleine Musikantin!«, zischte Hele mir zu und spannte ihre Knie zu einem Tigersprung.

»Hele und Kalle!«, befahl Hilda. »Jetzt lasst Vilja in Ruhe essen, sie wurde ja eben erst geraubt!«

Welche Abenteuer sonst noch auf Vilja warten, erfährst du in:

ZWEI FREUNDE, EIN KANINCHEN UND DAS GRÖSSTE RENNEN ALLER ZEITEN

Das Leben ist gemein! Findet zumindest der zehnjährige Tim, der wieder einmal zu spät dran ist und nun statt eines Rennkaninchens ein dreibeiniges Tier bekommt. Wie soll er damit nur das alljährliche Kaninchenrennen seines kleinen Städtchens gewinnen? Aber Tim gibt nicht auf. Zum Glück findet er in Pascal und Lissy zwei tolle neue Freunde. Und gemeinsam schmieden sie einen unglaublichen Plan ...

Boris Koch
Das Kaninchenrennen
ISBN 978-3-453-26940-8

heyne-fliegt.de

heyne›fliegt